AF293526

Karin Fruth

Guten Tag, ich heiße Karin Fruth und lebe schon seit vielen Jahren in Köln.

Mit meinem Mann, dem Archäologen, war ich viele Jahre mit dem VW-Bus in Europa unterwegs gewesen und habe dort Land und Leute kennengelernt.

Auch heute noch interessieren mich menschliche Schicksale, die ich in meinen Büchern verarbeite.

*Dieses Buch ist meinem Mann gewidmet, der trotz aller Widrigkeiten und Krankheiten viel zu früh gestorben ist.
Er hatte immer an mich geglaubt und viele Jahre immer fest zu mir gestanden. Ich vermisse ihn sehr.*

tredition

© 2023 Fruth Karin

Umschlag, Illustration: Karin Fruth

Druck und Distribution im Auftrag
der Autorin Karin Fruth
tredition GmbH, Heinz-Beusen-Stieg 5, 22926 Ahrensburg, Deutschland

ISBN
Paperback 978-3-384-04248-4
Hardcover 978-3-384-04249-1
e-Book 978-3-384-04250-7

Das Stahlmann Projekt

Der letzte seiner Art

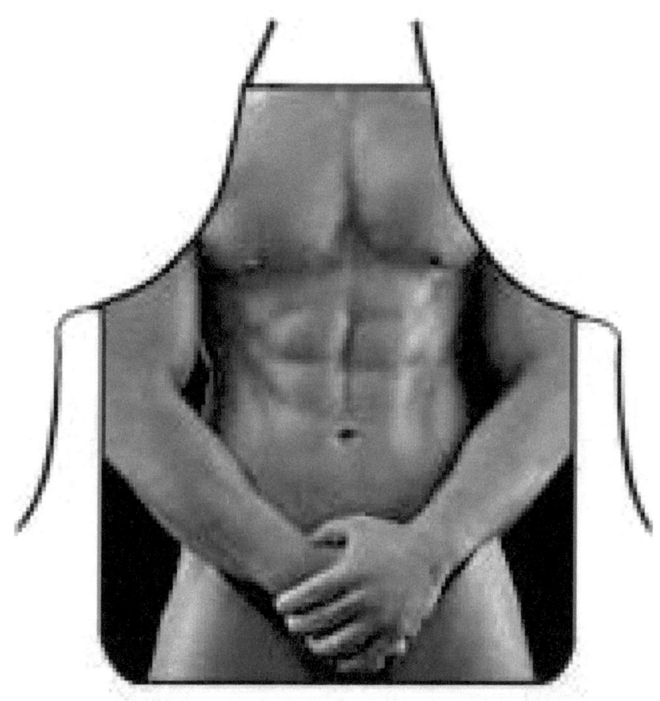

Guten Tag, ich heiße Marc Marin, ich bin inzwischen 22 Jahre alt, und ich wurde am 10.01.2019 in Düren geboren.

Ich war ein durchschnittlich begabtes Kind und meine schulischen Leistungen waren nicht besonders gut. Nur Sport mochte ich besonders gern und ich übte schon früh an den verschiedenen Trimm-Dich-Geräten, um meine Fitness zu erhöhen und einen gestählten Körper zu bekommen, auf den ich stolz sein konnte.

Der größte Teil meiner Erinnerungen an meine Kindheit ist daher unscharf und verwaschen, und ich brauchte lange, um mir die Einzelheiten ins Gedächtnis zu rufen, aber einige Szenen stehen mir auch heute noch hell leuchtend und überwältigend vor Augen.

Geblieben ist nur ein Foto, das ich meine Kindheit und Jugend hindurch in der Nachttischschublade verwahrt habe wie einen Schatz. Es war ein Foto von meiner Mutter und mir, aufgenommen kurz nach meiner Geburt. Sie hielt mich großäugigen Sohn Marc auf dem Arm und lächelt versonnen und nachdenklich in die Kamera. Was mochte sie damals wohl gedacht haben?

Ich versuchte mich an so viele Dinge wie möglich zu erinnern, aber das gelang mir kaum. Sie musste mich wohl doch ein wenig geliebt haben, so intensiv erschien mir ihr Blick. An meine Kindheit und an meine Jugend erinnere ich mich so, als ob es die Erinnerung aus dem Leben eines anderen gewesen wäre.

Ich war immer noch der kleine Junge, der in der geräuschvollen Dunkelheit des Schlafsaals liegt, todmüde und doch hellwach, der an die Decke starrt und sich fragt, ob er mit dieser Entscheidung wirklich das Richtige getan hat, immer bei dieser lieblosen Familie zu bleiben. Das schien alles tausend Jahre her zu sein und das Ganze war bestimmt jemandem ganz anderen passiert.

Ich war gerade sieben Jahre alt und kam abends vom Spielen dreckig nach

Hause. Wir hatten auf einer verlassenen Baustelle gespielt, ein herrliches, aber natürlich verbotenes Spielgelände. Ich zog die Haustür hinter mir zu und hoffte, dass es mir gelingen würde, unbemerkt nach oben zu schleichen.

Vor der Küche blieb ich erschrocken stehen, denn in der Küche stand plötzlich nicht meine Mutter, sondern mein Vater am Herd und briet Steaks, das hatte er ja noch nie getan. Auf dem Tisch standen zwei Teller, große Gläser und eine große Flasche Cola, drei Flaschen Steaksoße und eine Plastikbox mit Salat. Es roch lecker nach Steaks und Backkartoffeln.

Während des Essens fragte er mehrmals, ob es mir auch wirklich schmeckt, ich nickte nur und kaute begeistert. Dann erklärt er mir, dass meine Mutter plötzlich weggegangen war, und dass wir jetzt ein Männerhaushalt waren und nun miteinander zurechtkommen müssten und dass ich ihn dabei unterstützen muss, damit es klappt. Es klang irgendwie toll, wie er das sagte. Zum Schluss setzte er zögernd hinzu: Kann sein, es ist für immer.

Gehen, um nie mehr wiederzukommen, schien ein zentrales Thema in meiner Familie zu sein. Meine Mutter hatte einfach die Wohnung verlassen, um nie mehr zurückzukommen, nicht einmal für fünf Minuten, und ihre Sachen hatte sie auch aus dieser Wohnung nie abgeholt. Sie wurde einfach ausradiert und verschwand ganz aus meinem Leben und aus meinem Gedächtnis.

Meine Mutter war gegangen und kam nicht wieder und es dauerte lange, bis ich mich endlich damit abgefunden hatte. Über meine Erinnerungen an die weitere Kindheit liegt eine Art Nebel.

Erst mit siebzehn Jahren fand ich zufällig die Telefonnummer und die Adresse meiner Mutter im Telefonbuch. Spontan hatte ich zum ersten Mal wieder meine Mutter besucht, und es war mir entsetzlich peinlich und ich fand anfangs keine Worte.

Sie lebte in Frankfurt, arbeitete bei einer Versicherung und wirkte noch genauso unglücklich wie in meiner Kindheit, wie ich sie in Erinnerung hatte. Wir gingen in ein italienisches Restaurant essen, wo wir einen Tisch direkt an der Straße bekamen, die Pizza war viel zu fettig und eiskalt.

Das Schlimmste war, dass wir uns praktisch gar nichts zu sagen hatten. Sie fragte belanglos, wie es mir in der Schule ginge, was ich danach machen wollte. Ich sagte, dass ich später zur Marine werden wollte, da hob sie leicht die Augenbrauen und meinte lapidar: „Ah." Weiter nichts.

Sie redete langatmig über ihre Arbeit, die sie langweilig und furchtbar ungerecht fand. Sie war viel kleiner als ich sie in Erinnerung hatte, und sie hielt ihre große schwarze Handtasche ständig dicht am Körper, auch während des Essens. Dabei tat sie, als ob sie schon mindestens hundertmal ausgeraubt worden wäre.

Sie wohnte in einer Einzimmerwohnung am Main in einem hohen, alten Ziegelbau, und dort tranken wir noch einen Kaffee. Von ihrem einzigen Fenster aus sah man hauptsächlich den Main und vorbei rasselnde S-Bahn-Züge. Ihre Kaffeetassen trugen das Logo der Versicherung, bei der sie arbeitete.

Während wir da saßen, Kaffee tranken und beim besten Willen nicht mehr wussten, worüber wir noch reden sollten, sagte sie plötzlich: „Nun bist du endlich groß genug, um mich richtig zu verstehen. Ich wollte immer in die Großstadt. Bei unserer Hochzeit hatte mir dein Vater fest versprochen, dass wir eines Tages aus diesem blöden Dorf wegziehen würden. Aber es war nur eine Lüge, wie Männer eben lügen, um Frauen herumzukriegen. Er hatte gedacht, ich würde mir das schon aus dem Kopf schlagen.

Ich musste einfach gehen, sonst wäre ich nie im Leben nach Frankfurt gekommen. Verstehst du mich jetzt?" Sie sagte es so, als ob sie die ganze Zeit auf eine Gelegenheit gewartet hätte, es endlich mal loszuwerden. Ich nickte nur, und das genügte ihr anscheinend. Wenig später brachte sie mich zum Zug, und das war das letzte Mal, dass ich sie lebend gesehen hatte.

Mit 18 ging ich zum Militär, dort wurde ich wegen meiner guten körperlichen Kondition Teilnehmer eines gigantischen militärischen Geheimprojektes „Stahlmann", dass aus mir einen optimierten Krieger mit übermenschlichen Kräften und zahlreichen Features formte und ich war damals verdammt stolz darauf.

Dann folgte eine harte Zeit, die vielen notwendigen Operationen, über die man uns nicht viel erzählte, und eigentlich wollten wir es auch gar nicht so genau wissen. Wir brannten für diese Idee, wir waren jung und ehrgeizig, mit dem Ziel, ein echter Stahlmann mit Riesenkräften zu werden, dafür nahmen wir alle Unannehmlichkeiten stoisch auf uns.

Fieberhaft warteten wir auf den ersten Einsatz, aber er wurde immer wieder verschoben, schließlich auf unbestimmte Zeit. Als wir immer wieder ungeduldig bei den Vorgesetzten nachfragten, wichen die uns mit der Erklärung aus, dass es inzwischen einen Organisationswechsel in der Führungsetage gegeben hatte und die neue Führung würde an einer neuen Strategie arbeiten. Was das für uns bedeutete, ließ man offen. Eventuell würde man uns bald in die reguläre Militärtruppe integrieren, aber wir sollten einfach mal abwarten.

Die Zeit wurde ziemlich langweilig und frustrierend, Streit brach wegen der geringsten Kleinigkeiten unter uns aus, und schließlich entschlossen wir uns zu einer Meuterei, wir fühlten uns betrogen und um die besten Jahre unseres Lebens gebracht.

Irgendwie bekamen wir den Eindruck, dass jeder der neu hinzukommenden Wissenschaftler mehr oder weniger das machte, was ihm gerade einfiel. Neue

OP-Termine wurden völlig kurzfristig bekannt gegeben, manchmal erst am Abend vorher, und oft genauso überraschend wieder abgesagt. Man führte nur noch kleinere Eingriffe bei uns durch, angeblich nur noch um die Maßnahmen, die ein Systemversagen ausschließen sollen.

Der medizinische Leiter des Projekts, Professor Stewart, wurde überraschend ausgewechselt, nun saß ein neuer Mann in seinem Zimmer, diesmal war es ein Zivilist, kein Mediziner, sondern ein Geheimdienstmann, munkelte man.

Bei meiner ersten Begegnung mit ihm traf ich auf einen kleinwüchsigen Mann mit einem hässlichen, schiefen Eierkopf und auffallend vielen Muttermalen im Gesicht. Er sprang auf, als ich hereinkam, schüttelte mir die Hand, bot mir Platz und etwas zu trinken an. Dann stellte er sich mit so belanglosen Worten vor, dass mir nichts davon im Gedächtnis haften blieb. Trotz aller Scheißfreundlichkeit war er mir auf Anhieb unsympathisch.

Mitten in unserem belanglosen Gespräch klingelte das Telefon und er brach seine Erklärung mitten im Satz ab. Als er den Hörer ans Ohr nahm merkte ich sofort, dass er mit einem hohen Tier telefonierte, der ihm wohlgesonnen war, denn er durfte sich dabei sogar Vertraulichkeiten erlauben.

„Maxwell!", trompetete er mit geheuchelter Begeisterung. „Was! Klar doch, jederzeit. Auf Hirsche? Bis jetzt noch nie, aber einmal ist immer das erste Mal, sage ich ..."

Dann drehte sich stirnrunzelnd zu mir um und bedeutete mir mit einem ungeduldigen Wedeln seiner Hand, endlich hinauszugehen, so als würde man ein lästiges Insekten verscheuchte.

Ich ging und wartete eine Weile in seinem Vorzimmer, wo seine Sekretärin mich stoisch ignorierte. Nach einer Viertelstunde Wartezeit fiel mir auf, dass das Signallämpchen an der Telefonanlage seit einiger Zeit erloschen war, der Herr schien aber nicht im Traum daran zu denken, mich wieder hereinzubitten.

Ich ging betont langsam aus dem Zimmer und damit war die Sache für mich erledigt. Mir war schnell klar, dass man von dieser Seite wohl nichts mehr zu erwarten hatte.

Nach einem Jahr in diesem vermaledeiten Camp gab es plötzlich Tage, an denen wir nichts mehr zu tun hatten. Es existierte auf einmal kein Trainingsplan mehr, obwohl ab und zu angekündigt wurde, es sollte demnächst wieder einen geben. Wieso war unsere Fitness plötzlich nicht mehr so wichtig geworden?

Ich ahnte es schon irgendwie, das war der Anfang vom Ende für das Stahlmann-Projekt. Andauernd wechselten die Projektleiter, mit ihnen folgten viele endlose Gespräche über unsere Zukunft, wir sollten Pläne machen, aufschreiben, was wir uns für die Zukunft wünschen oder vorstellen würden. Aber trotzdem wurden alle unsere Ideen fast alle rigoros abgelehnt.

Wir sagten dann, na ja, wir würden gerne das tun, wofür wir geplant wurden: Wann würde es endlich losgehen? Wann würde endlich der erste große Einsatz für die Stahlmann-Truppe sein?

Bis jetzt: No chance, hieß es lapidar. Aber eine Rückkehr zu den regulären Streitkräften kam gleichfalls wegen der Geheimhaltungsprobleme nicht infrage. Diese ganzen sinnlosen Gespräche verunsicherten uns sehr. Diese ganzen Diskussionen und das Verhalten der Vorgesetzten atmeten Verfall, Unruhe, Auflösung, unsere Welt verändert sich in atemberaubendem Tempo und auch das Stahlmann-Projekt war irgendwie immer davon mit betroffen, sogar das ganze Gebäude war betroffen. Offiziell fand eine seit langem geplante technische Umstrukturierung statt, aber warum wurden sogar neue Leuchtstoffröhren von der Decke genommen?

Und es wurden immer weniger Leute im Stützpunkt. Als ich eines Tages an der

Kantine für die Mannschaften vorbeikam, sah ich, dass man sie mit einem Raumteiler halbiert hatte, um die gähnende Leere zu vertuschen. Man hatte auch schon drei Labore leer geräumt und abgeschlossen; durch die Glasscheiben sah man nur noch leere, dunkle Räume.

Schließlich fiel die offizielle Entscheidung von ganz oben, das Stahlmann-Projekt ganz einzustellen und uns kommentarlos in den vorzeitigen Ruhestand zu versetzen.

Innerhalb von einigen Tagen gingen die Lichter im ganzen Stützpunkt aus. Schnell wurde es zur Gewissheit, dass sich mein Leben zukünftig radikal ändern würde. Wir waren ratlos und niemand erklärte uns, wie unser Leben in Zukunft nun weitergehen sollte. Wir wurden schließlich fortgebracht, durften uns auf einem Parkplatz vor der Stadt voneinander verabschieden und unsere Seesäcke dann in bereitstehende Autos laden, jeder in ein anderes und niemand wusste, wohin der andere ging. Es sollte ein Abschied für immer sein.

Der Umzug in eine eigene Wohnung in Köln war ziemlich einfach. Da lebte ich nun eine Weile ohne die geringste Ahnung, was ich dort eigentlich tun sollte, wochenlang war ich nur noch in der Gegend herumgelaufen. Ich kam mir langsam wie ein weggeworfenes Stück Abfall vor. Und ich konnte mich wegen meiner speziellen Körperkonstitution noch nicht einmal betrinken!

Trotzdem lebte ich mich irgendwie in Köln ein, bekam wöchentlich mein Kraftnahrungspaket, saß auf dem Balkon in der Sonne und beobachtete meine Umgebung. Sonst hatte ich nichts zu tun, außer im Netz irgendwelche langweiligen Nachrichten oder Computerspiele zu daddeln.

Langsam begann ich mich zu langweilen, und mir gingen die blödesten Gedanken durch den Kopf. Wer war ich und warum war ich überhaupt auf dieser Welt? Was sollte das Ganze? Es muss doch eine Zukunft für mich geben, nur was hatten die Vorgesetzten mit uns vor? Wie soll es nun weitergehen?

Ein unbändiges Hungergefühl unterbricht plötzlich meine Erinnerungen, es trieb mich zum Küchenschrank, aber meine Euphorie ließ schlagartig nach, als ich die letzte Dose Nahrungskonzentrat sah. Das bedeutete konkret, dass ich also gerade noch vier Henkersmahlzeiten hatte.

Langsam wurde ich unruhig. Wo blieb nur mein Nachschub, er war seit vier Tagen ausgeblieben. Ich war schließlich dringend auf das Zeug angewiesen, denn man hatte mir den Darm stark verkürzt, um Platz für Zusatzgeräte zu schaffen. Das bedeutete konkret, dass ich seitdem keinerlei normale Nahrung mehr aufnehmen oder verdauen konnte.

Schlagartig begriff ich, wie mein ganzes Leben, jede einzelne Entscheidung, die ich getroffen hatte, mich jetzt hierher geführt hatte, an diesen Ort, an diesen Tisch, vor diesen Teller. Mich beschlich eine merkwürdige Sentimentalität, was wäre gewesen, wenn ich damals nein zu dem Projekt gesagt hätte?

Wenn wir es doch vorher gewusst hätten. Man hatte uns einfach keine Wahl gelassen und uns über die weitreichenden Folgen nicht aufgeklärt. Ach, ich kann niemals wieder einen saftigen Braten mit Backpflaumen essen oder ein Stück ofenwarme Pizza, noch nicht einmal mehr einen simplen Apfel konnte ich ohne Probleme verdauen.

Ich öffnete die unbeschriftete Dose, leerte die schleimige, fahlweiße Masse in einen Teller und überlegte, ob ich das Ganze besser mit Minzsoße oder mit höllenscharfem Tabasco runterwürgen sollte.

Meine Gedanken kreisten dabei immer wieder um das Stahlmann-Projekt. Was hatte damals die Zentrale bloß mit uns vorgehabt? Und vor allen Dingen: Wie soll es jetzt mit mir weitergehen? Nichts passierte, es kam einfach keine Antwort von den Typen und niemand hatte sich seitdem mehr bei mir gemeldet.

Noch reichte der Karton für vier Mahlzeiten, aber was passierte, wenn der Nachschub für immer ausblieb? Ich war vollkommen abhängig von der Zentrale , und wie sollte ich mich demnächst ernähren? Oder war es Absicht des Militärs, uns auf diese Weise klammheimlich verhungern, also problemlos beseitigen zu lassen? Die Typen brauchten einfach gar nichts mehr zu tun und ich war ihnen vollkommen ausgeliefert.

Nach dieser faden Einheitsmahlzeit saß ich grübelnd am Küchentisch und mein Hirn ratterte auf Hochtouren, ich konnte mich einfach zu gar nichts aufrappeln.

Draußen war es längst Nachmittag geworden, ich stand am Fenster und sah draußen milchig-graue Wolken über den Himmel zogen, und es nieselte wie immer im Spätherbst. Ein gelber Blätterregen tanzte im plötzlich aufbrausenden Wind. Irgendwie fühlte ich mich einsam.

Ich ließ wieder und wieder die uralte leierige Kassette der Dubliners aus den 80-iger Jahren laufen: „Don't give up til ist over,…" Jetzt nur nicht melancholisch werden und über den Sinn des Lebens und den Tod nachdenken.

Wozu hatte man eigentlich uns Supertypen gebaut, gestylt und uns mit den tollsten Features versehen, wenn wir doch nicht zum Einsatz kommen würden? Wir sind ein Staatsgeheimnis, aber warum sagte uns niemand etwas? Wie sollte es mit dem geheimen Militärprojekt „Stahlmann" überhaupt weitergehen? Man kann doch nicht so hungrig weiterleben?

Irgendetwas war faul an der Sache. Wenn das Projekt so ein durchschlagender Erfolg gewesen wäre, hätte man bestimmt schon eine ganze Division Stahlmänner geschaffen, und es wäre nicht bei uns zehn Vorzeige-Pappkameraden geblieben.

Wo blieb der vielbeschworene geheime Kriegseinsatz, bei dem wir endlich unsere außergewöhnlichen Leistungen beweisen konnten? Die ganzen Quälereien können doch nicht umsonst gewesen sein? Soll ich jetzt einfach so vor mich hinleben, ohne größere Hoffnung als der auf Hunger, oder auf einen gnädigen und schmerzlosen Tod? Ob es wohl in meinem Körper einen Modus zum Abschalten gibt? An mir war kein Gramm überflüssiges Fett und mein ganzer Körper schrie nach Verbrennungsenergie.

Ich bombardierte die Zentrale telefonisch in Boston, und zum Glück kam gestern eine dürre Nachricht per SMS. Ich soll mich heute Abend um acht Uhr am Hafen im Zentralbüro einfinden. Unterschrift: Commander Capoczinski. Der Typ ist mir vollkommen unbekannt, der muss endlich entscheiden, wie es mit mir und dem Projekt weitergehen soll.

Mir ist zwar jetzt schon übel von diesem ganzen sinnlosen Geschwafel, aber ich hoffe, dass wenigstens eine halbwegs geartete Kommunikation zwischen ihm und mir möglich sein wird. Ich will endlich aus ihm rausquetschen, was mich in den nächsten zwei Jahren erwartet, denn langsam ging mir dieser Einheitsfraß und meine erzwungene Einsamkeit auf die Nerven, zu der ich wegen meines Soseins verurteilt war.

Ich musste einfach raus aus der Wohnung, und mir den Wind um die Nase wehen zu lassen, ich schaltete meinen lockeren Joggingmodus an, und lief eine schlappe Stunde am Kanal entlang. Draußen ging ein sanfter Nieselregen nieder und die Strecke hinunter zum Rhein kannte ich inzwischen im Schlaf.
Plötzlich hatte ich die Idee, zwischendurch meinen alten Kumpel Joel Hornburg zu besuchen, der im vornehmen Stadtteil Hahnwald in einer Villa residierte. Vielleicht hatte der mehr Kraftnahrung vorrätig als ich und konnte mir etwas davon abgeben, wer weiß?

Ich hatte ihn eigentlich schon aus den Augen verloren, aber vielleicht hat der mehr nützliche Informationen über die zukünftigen Planungen der Regierung über unser Stahlmann-Projekt erhalten, denn diese ganze jahrelange Quälerei konnte doch nicht umsonst gewesen sein.

Ich schlich mich zum beleuchteten Fenster an seiner Villa, er war also zu Hause, ich klingelte mehrfach, bis ich feststellte, dass die Klingel abgestellt war. Irgendeine seltsame Neugier trieb mich, über den Balkon durch das Wohnzimmerfenster herein zu gucken, vielleicht hatte er ja Besuch.

Ich stand gebannt vor dem Fenster. Was ich sah, erfüllte mich mit nacktem Grauen, denn ich sah in ein Krankenzimmer. Da lag mein armer Kumpel Joel, gestützt von einer enormen Rollstuhl-Konstruktion von Kissen und Matratzenteilen im Rücken, die seinen Oberkörper in Schräglage aufrichteten.

Er ruderte kraftlos mit den Händen, sein Gesicht war blau angelaufen, während eine Krankenpflegerin sich über ihn beugte und ihm eine Pflegerin eine Atemmaske auf, ich hörte ihn durch das Fenster lautstark schnaufen und röcheln, aber durch den Sauerstoff wurde seine Gesichtsfarbe wieder einigermaßen normalbleich. Obwohl sie ernst dreinblickte, wirkte die ganze Prozedur wie ein eingespielter Vorgang.

Mein Gott, jetzt hatte es auch meinen Kumpel Joel erwischt, hoffentlich überlebte er das auch. Wenn nicht, gäbe es einen schon wieder einen Stahlmann-Krieger weniger auf der Welt. Mir graute es langsam vor der Zukunft. Was hatten die Typen mit uns vor? Was sollte nur aus mir werden?

Warum musste ausgerechnet jetzt mein bester Freund Jordans sterben? Eigentlich müsste ich an seinem Bett sitzen und Totenwache halten, die ganze Nacht durch bis zur letzten Stunde, das hatten wir uns damals in einer Geheimabsprache geschworen.

Da stand ich nun am Fenster und sah traurig sein graues, wächsernes Gesicht an, in dem nichts mehr zu sehen war von seinen heimlichen Wünschen und nichts mehr zu spüren von seiner Dickköpfigkeit, die er manchmal an den Tag legen konnte. Ach, mein bester Kumpel Jordan, bald bist du nicht mehr da, und unter dem Laken liegt dann nur noch dein Körper, der einige ausgefallene technische Geräte enthält. Und ich musste also hier unfreiwillig die Totenwache halten. Ich beugte mich gerade vor, um ihn zum Abschied noch mal anzusehen.

Panik erfasste mich und kopflos rannte ich nach Hause, zu Glück hatte ich sogar den Haustürschlüssel in der Tasche, denn ich hatte gar nicht daran gedacht, ihn einzustecken. Ich schloss auf, schleppte mich aufs Sofa, schaltete meine Sedierung ein, aber ich fand keinen Schlaf mehr und grübelte vor mich hin. Irgendwann musste ich doch wohl eingeschlafen sein.

In dieser Nacht schlief ich tief und fest, und kein hässlicher Gedanke störte mich. Am frühen Morgen wurde ich durch unsanft vom Briefträger geweckt, der aufdringlich wieder und wieder klingelte. Er hielt ein Paket in der Hand, ob das wohl endlich meine Konzentrat-Lieferung war?

Mit einem einzigen Satz sprang ich halbnackt zur Haustür. „Ah, hallo, Mister Marin", meinte der Briefträger erleichtert und grinste, „Hier ist ein Paket für Sie. Ich war mir nicht sicher, ob Sie zu Hause sind, denn ich darf es nur mit einer unterschriebenen Quittung ausliefern."

„Ja", krächzte ich nur heiser und riss es ihm fast aus der Hand. Es war ziemlich schwer, aber es sah nicht wieder nicht wie meine Konzentrat-Lieferung aus. Ob sie wohl den Kartonagenlieferanten gewechselt hatten. „Vielen Dank, schnell, geben Sie her."

Draußen auf der Straße verstaute er umständlich Quittungsblock und Kugelschreiber, stieg auf sein Fahrrad, winkte mir noch einmal fröhlich zu und radelte davon.

Ich riss das mit vielen Klebestreifen versehene Paket hastig auf, ließ es aber enttäuscht sinken. Es enthielt kein Nahrungskonzentrat, sondern ein antiquarisches Buch, drinnen ein krakeliger Zettel von Capocynsky. „Achtung: Neuer Treffpunkt: Heute. 20 Uhr, Hotel „blauer Kran" am Hafen Amsterdamer Straße."

Was soll das ganze Spiel? Ob das wohl eine Falle ist? Dieser widerliche Typ will mich bestimmt unschädlich machen, aber den Gefallen werde ich ihm ganz bestimmt nicht tun. Ich muss mein Sedierungssystem zwei Takte runterfahren, setzte mich auf mein Sofa und löffelte die vorletzte Portion Nahrungskonzentrat bei laufendem Fernseher in mich hinein.

Was bezweckte er mit diesem Spielchen mit dem blöden Paket? Sollte ich daran ganz sanft daran erinnert werden, am Gängelband von dem Betreuer Capocynsky zu sein, der mich beliebig herumkommandieren konnte?

Dieser unheimliche Gedanke verursachte eigenartige Krämpfe in meinem Bauch, wenn ich außerdem daran dachte, ab morgen endgültig zu verhungern. Das war das einzige Machtmittel, dass die Typen gegen mich anwenden konnten. Aber was hatte er davon? Ob er dann ein leichtes Spiel hätte, ausgerechnet heute Abend eine Spezialeinheit loszuschicken, mein Haus zu stürmen und mich endgültig vorher auszuschalten?

 Aber warum? Was sollte das ganze? Nur, um mich zu verwirren und mir Angst einzujagen? Oder sollte das Ganze eine Strafe sein? Wofür denn in Gottes Namen? Ich hatte doch nichts angestellt. Oder hatte ich irgendetwas falsch gemacht? Ich muss sofort meine Sedierung weit runterfahren, um nicht verrückt zu werden.

Ach, für mich gab es jetzt nichts mehr zu planen und auch nichts mehr abzuwägen. Ich war mir ganz sicher, dass es von denen da oben beschlossene Sache war, dass mein bisheriges Leben heute irgendwann enden würde, egal wie. Daran gab es nichts mehr zu deuten.

Ich muss mich zusammenreißen. Ich muss jetzt sofort rausbekommen, ob es im Stahlmann-Programm irgendwelche wichtige Änderungen gegeben hatte, die ich nicht mibekommen hatte. In meiner Nähe blieb mir jetzt nur noch mein Stahlmann-Kumpel Martin übrig, zu dem ich einigermaßen Vertrauen und losen Kontakt gehalten hatte. Den hatte ich schon lange nicht mehr angerufen, das war die Idee.

Ich versuchte es über den normalen Anschluss bei ihm zu Hause, aber er ging nicht ran, wahrscheinlich war er unterwegs. Also probierte ich es über sein Handy, vielleicht war er ja in seinem Haus mit den Flamingos, wo er jede verfügbare Minute an seinem unglaublich blauen Pool verbringen und sich von seiner Roboteuse von diversen Massagen verwöhnen lassen würde. Leider erreichte ich ihn aber auch dort nicht. Wer weiß, wo der wieder herumspukte.

Warum nur wurde die offizielle Phase des Stahlmann-Projektes plötzlich und völlig unerwartet abgebrochen worden? Und beim letzten Gesundheitsscheck hatte ich sowieso das unheimliche Gefühl, dass mir bei der Abschluss-Untersuchung etwas wesentliches verschwiegen worden ist. Ich musste mir also jetzt irgendwie selber helfen, aber wie nur, wie sollte ich das anstellen?

Ich stopfte das Handy zurück in sein Versteck und ging in die Küche. Ich zitterte beinahe vor Hunger, jede Faser meines Körpers schrie nach Nahrung und gierte nach Nährstoffen, lechzte danach, endlich aufgefüllt zu werden mit allem, was der Einsatz der Implantate und Aufputschmittel verbraucht hatte. Das Verlangen war so unerbittlich, dass sogar das graue widerliche Konzentrat auf einmal beinahe verlockend aussah, ich schüttete das restliche Pulver in einen leeren Teller und verrührte es mit Wasser und viel Tabasco.

Jetzt war die Dose endgültig leer, das war meine letzte Henkersmahlzeit, für morgen musste ich mir etwas anderes essbares besorgen. Vielleicht würde irgendjemand das Zeug analysieren und würde mir etwas ähnliches zusammenrühren. Nur, an wen konnte ich mich wenden? Wer kann mir jetzt noch helfen?

Ich hatte so eine Wut auf diese Scheiß-Typen. Angeblich war es ein peinliches Versehen gewesen, mich erst nach den entscheidenden Eingriffen über die Folgen der Darmverkürzung aufzuklären, aber nun war es leider nicht mehr zu ändern. Als man uns das erste Mal diesen widerlichen Brei vorgesetzt und dazu gesagt hatte, das sei in Zukunft alles, was ich in größeren Mengen zu mir nehmen dürfte, hatte ich zuerst ungläubig gelacht, aber dann, als ich begriff, dass sie es wirklich ernst gemeint hatten, einen Tobsuchtsanfall bekommen und war anschließend in wochenlange Depressionen gefallen.

Was, ich würde nie wieder einen Hamburger verdrücken dürfen? Nie wieder ein zünftiges Kölsch zischen? Nie wieder eine riesige Thunfisch-Pizza bei Maria an der Dürener Straße ? Das war doch kein Leben!

Die ersten Monate musste ich von diesem widerlichen Zeug immer wieder erbrechen, selbst wenn ich es vor lauter Hunger vorher runtergezwungen hatte und es dauerte lange, bis meine soldatische Disziplin über den Abscheu siegte. Nun war ich anschließend zwar satt, aber ich wurde immer unerträglicher und reizbarer, ich musste mich irgendwie ablenken und wollte plötzlich nur noch raus aus der Wohnung.

Hastig zog ich meine älteste Wetterjacke über und flüchtete förmlich ins Freie. Ich schaltete meinen Leichtlaufmodus ein, joggte zwei Stunden lang durch den Volksgarten und die Uniwiesen, danach fühlte ich mich wieder viel besser.

Hinterher fühlte ich mich wie neugeboren, stieg unter die Dusche und ließ stundenlang das lauwarme Wasser über meinen Körper laufen. Gut gelaunt betrat die kleine Küche und schaltete das kleine Radio ein, das ich mir letzte Woche gekauft hatte, aber der Nachrichtensprecher verlas nur endlose Staumeldungen.

Also ließ ich mal wieder meine einzige, fast schon ausgeleierte Kassette der Dubliners laufen: „Don't give up till ist over, don't quid, if you can……" Das munterte mich auf und spendete mir irgendwie Trost.

Gegen Nachmittag zog es mich wieder hinaus, in meiner kleinen Wohnung fiel mir die Decke auf den Kopf. Irgendwie musste ich die Zeit bis zu dem Gespräch mit Capocysky herumbekommen.

Als ich vor die Tür trat, spürte ich sofort irgendwie, dass ich beobachtet wurde. Am Ende meiner Straße standen zwei Typen sinnlos herum und gafften ausdruckslos in meine Richtung. Sie wollten anscheinend, dass ich sie sah.

An der Bushaltestelle standen wieder zwei Typen mit verschränkten Armen, geduldig wie Indianer, die auf alles andere warteten, aber nur nicht auf den nächsten Bus. Sogar am Ortsausgang saßen zwei Typen in einem dunklen, geländegängig aussehenden Auto, vor sich auf dem Armaturenbrett sah man deutlich allerlei glotzäugige Geräte und Kameras. Ich lief für alle sichtbar durch die Stadt, an mir war nichts geheimnisvolles. Hielten die mich wirklich für so blöde, dass ich in meiner Wohnung irgendwelche geheime Unterlagen versteckt hätte?

Sie folgten mir paarweise durch die ganze Stadt. Einer hatte immer das Handy am Ohr, redete, gab wahrscheinlich einen minutiösen Bericht über jeden meiner Schritte an irgendjemanden durch. Mit jedem Schritt, mit jedem weiteren dieser glatten, leeren Gesichter wuchs mein Zorn.

Am liebsten hätte ich mir einen der Typen geschnappt, oder auch zwei meinetwegen, und alles, was ich wissen wollte, aus ihnen herausgeprügelt, bis sie die Namen ihrer Auftraggeber lauthals herausgeheult hätten. Ich musste mich wirklich beherrschen und vielleicht sahen sie es mir an, denn nach einer Weile ließen sie die Abstände zwischen ihnen und mir deutlich größer werden.

Zuerst musste ich ins Postamt, aber der Postmitarbeiter schüttelte nur den Kopf, denn auch heute gab es wieder kein Paket mit Kraftnahrung. „Es ist wirklich nichts für Sie da, Sie können ja gern nach hinten kommen und sich selber umsehen", bot er mir an und grinste schief und zahnlückig dazu.

Zum Glück verzichtete er heute auf seinen Kalauer und daher begriff ich schlagartig, dass er heute irgendwie anders war, die Typen mussten ihm bestimmt irgendeinen Mist über mich erzählt haben.

„Danke", winkte ich ab und machte auf dem Absatz kehrt, denn ich wollte den armen Jungen nicht als Zielscheibe meiner Aggressionen machen. Dann blieb ich am Straßenrand stehen und überlegte.

Ich schlenderte die Straße runter und starrte in ein Schaufenster, meine Begleiter blieben ebenfalls stehen und warteten einfach ab. Ich bemühte mich, nicht zu ihnen hinzusehen, aber auf die Dauer nervte mich ihr Einsatz, mehr und mehr kam ich mir vor wie ein Stück Wild, das bis zur Erschöpfung gehetzt werden soll.

Was musste ich als nächstes tun? Ich hatte nicht mehr viel Bargeld, also ging ich zum nächstgelegenen Geldautomaten, schob die Karte ein, gab meine Geheimnummer ein und drückte die üblichen Tasten.

Der Automat ratterte ungewöhnlich lange, dann spuckte er drei Seiten aus, dann schaltete er um und auf dem Display erschien: *„Bitte warten Sie. Ihr Auftrag wird bearbeitet"* und mich beschlich sofort ein mulmiges Gefühl, denn plötzlich sprang die Anzeige um und ich las erschrocken: *„Konto gesperrt. Karte wird einbehalten."*

 Es gab ein schnappendes Geräusch, als würde die Karte nicht nur einbehalten, sondern gleich vollautomatisch geschreddert, und im nächsten Moment senkte sich die stählerne Abdeckung mit mitleidloser Unnachgiebigkeit herab und verriegelte das gesamte Terminal. Ich starrte den blanken Stahl des Geldautomaten begriffsstutzig an und ein eiskaltes Gefühl griff mir ans Herz.

Das war's dann also. Keine Karte, kein Geld, keine Kraftnahrung, jetzt war ich endgültig erledigt, diese Schweine brauchten jetzt nur noch abzuwarten, bis ich langsam irgendwo verhungern würde, und mich dann einfach wie ein Stückchen Holz einzusammeln. Warum war nur mein Konto gesperrt worden? Ich hatte doch gar keine großen Zahlungen vorgenommen und mein letztes T-Shirt hatte ich vor drei Monaten im Netz gekauft.

Da musste bestimmt ein Irrtum vorliegen. Das konnte ich aber erst am Montag klären, heute war Freitagabend, also ein ganzes Wochenende fast ohne Geld, ein wütender Groll gegen die Tücken der Technik wallte in mir auf, und ich konnte mich nur noch schwer zurückhalten, die Panzerung des Geldautomaten zu zertrümmern.

Ich trat aus der Tür und ging schwerfällig die fast leere Straße hinab, wo nur ein schwarzer Wagen am Straßenrand stand, in dem mich zwei Figuren ausdruckslos betrachteten. Jetzt begriff ich endgültig, dass hier kein Irrtum vorlag, diese verdammten Schweine hatten mein Konto gesperrt.

Ich trat einen Schritt zurück und spürte sofort, wie mein Körper Adrenalin in meine Adern pumpte, da war der Wagen, da drinnen saß der Feind, der mich vernichten wollte. Ich ging mit geballten Fäusten auf das Auto zu, zitternd vor Kraft und Wut, und da kam endlich Ausdruck in ihre blassen Visagen.

Der eine griff zum Schlüssel und bemühte sich hektisch, den Motor anzulassen, der andere riss die Augen weit auf in panischer Furcht. „Warum erschießt ihr mich nicht einfach?", schrie ich sie an, es war mir scheißegal, ob sie mich durch ihre Windschutzscheibe hindurch überhaupt hören konnten. „Knallt mich doch einfach ab und fertig! Was ist los mit euch? Oder seid ihr etwa zu feige dazu?"

Der Motor sprang an, ich hob die rechte Faust und wollte ein Loch in ihre verdammte Motorhaube schlagen, wenn sie an mir vorbeifuhren. Wenn die mich über den Haufen fahren wollten, würde ich sie beide mitsamt ihrem Wagen in kleine Stücke zerlegen, und dann würde die Polizei ganz schnell mit allen Fahrzeugen da sein, die in Köln überhaupt existierten.

Aber der feige Hund setzte mit jaulendem Motor zurück, und als ich mit einem Sprung bei fast vor ihm stand, vollführte er ein wildes Wendemanöver wie im Film und raste davon.

Ich blieb keuchend stehen und schaltete sofort alle Systeme in mir ab, der

Einsatz war sinnlos gewesen. Einige Passanten hatten die Auseinandersetzung beobachtet, es waren grimmig dreinblickende, knollennasige Männer in Pullovern und Frauen, deren Mienen keinen Zweifel daran ließen, dass sie es seltsam fanden, was sie da gerade gesehen hatten.

Und in sicherer Entfernung an der nächsten Ecke standen auch wieder diese glattgesichtigen Typen mit Handys am Ohr. Aber was sollte der ganze Aufwand, wenn es ihnen nur darum ging, mich auszuschalten, das hätten sie doch leichter haben können. Alle meine tollen Implantate würden mir gegen ein gut gezieltes großkalibriges Geschoss gar nichts nützen. Es musste bestimmt noch mehr dahinter stecken.

Wie konnte ich den Typen ein Schnippchen schlagen? Scheinbar gemütlich schlenderte ich hoch zum Barbarossaplatz, betrat den großen Baumarkt auf der Kreuzung, ein schwarzes Auto folgte mir und blieb hinter mir am Eingang stehen, die Typen blieben zum Glück im Auto sitzen.

Ruhig schlenderte ich durch Sanitäranlagen, durch Räume mit meterhohen Brettern und Farbtöpfen, ging gemütlich hinten in die Pflanzen-Außenanlagen bis zum Zaun, aber gerade dort gingen wie unabsichtlich zwei kleiderschrankgroße Typen mit ausgebeutelten Hosentaschen spazieren. Mist, ich würde noch ein Weilchen warten und dann den Ausbruch einfach durch das Parkhaus auf der Baumarkt-Rückseite versuchen.

Es dämmerte bereits etwas, als ich über die Parkhaus-Brüstung in die Luxemburger Straße spähte, sah ich durch mein Infrarot-Nachtsichtgerät keine Typen, die mir irgendwie gefährlich werden könnten, nur ein paar türkische Frauen mit Kinderwagen waren unterwegs. Ich ließ sie vorbeischlappen, dann schwang ich mich über die Brüstung und stand allein auf den Straßenbahn-Schienen, zum Glück kam gerade keine Bahn.

Ich sah auf die Uhr, sieben Uhr 18, das passte ja wunderbar, ich hatte noch über eine Stunde Zeit, mich auf das Gespräch mit Capocysky vorzubereiten. Meine Gedanken ratterten nur so, bei diesem Antrittsbesuch könnte ich endlich die Wahrheit über den neuesten Stand des Stahlmann-Projektes wissen, und vor allen Dingen wollte ich sofortigen Nachschub für meine Kraftnahrung erzwingen. Die konnten mich doch nicht absichtlich verhungern lassen!

Endlich stand ich vor der Rückseite des Hotels. Draußen sah ich keinen Beobachtungsposten, ruhig trat vor das Hotel und sah mich um, auch hier sah ich niemanden, das beruhigte mich ungemein. Wieder lenkte ich meine Schritte zur rückwärtigen Fassade des Hotels, aber wie sollte ich da am besten unbemerkt reinkommen?

Ein Mann mit Kochmütze und weißer Schürze stand dort neben einer Tür auf der Rückseite des Hotels, rauchte eine Zigarette und sah gleichgültig zu mir herüber. Ich blieb stehen, wo ich war, und nahm die Fensterreihe des ersten Stocks in Augenschein. Das Fensterbrett sah gut aus, ein massiver Steinsims, der Putz schien mir ziemlich bröckelig zu sein, und das gesamte Mauerwerk war vielleicht auch nicht mehr das Beste.

Ich wartete, bis der Koch endlich mit seiner Zigarette fertig war und wieder hineinging, dann überquerte ich rasch den Platz, spähte noch einmal nach allen Seiten und schnellte, als ich mir sicher war, nicht dabei beobachtet zu werden, mit einem gewaltigen Sprung an die Rückwand des Hotels hinauf, erwischte das Fensterbrett mit der rechten Hand, krallte mich fest, schwang herum und stemmte den linken Fuß gegen die Mauer, die rechte Fußspitze fand auch etwas Halt, und so verharrte ich erst einmal reglos lauschend, ob ich von irgendjemandem bemerkt worden war. Aber niemand schrie, nirgends wurden Fenster aufgerissen und niemand lief aufgeregt zusammen, es roch nur kräftig nach Küchendünsten und Müll hier oben.

Ich zog mich vorsichtig höher, bis ich über den Fensterrahmen in das Zimmer dahinter spähen konnte. Volltreffer, ich hing genau vor Capocynskys Zimmer, er saß auf der Couch, hatte den Koffer mit der ausgeklappten Satellitenantenne neben sich stehen und unterhielt sich mit irgendeinem Besucher, der mit dem Rücken zu mir in einem antiken Ohrensessel saß.

Vorsichtig ließ ich mich wieder abwärts sinken, legte mein technisch verstärktes Ohr gegen die Mauer und drehte den Verstärker auf. „...die endgültige Entscheidung; auf keinen Fall zulassen, dass Drachenblut Priorität ..; auf keinen Fall entkommen, auch wenn er ein Stahlmann war ..." Es war nicht ganz einfach, den Verstärker in Leistung und Frequenzgang so zu justieren, dass ich das Gespräch im Inneren des Zimmers genau mithören konnte, ohne durch die überlaut durchkommenden Außengeräusche taub zu werden.

Der unbekannte Besucher sprach deutlicher als Capocynsky, aber mit wechselnder Lautstärke, und die leisen Passagen blieben trotz aller Technik unhörbar. „... was die anderen tun, ist mir scheißegal. Ich bekomme neuerdings meine Befehle direkt aus Pjöngjang, und die führe ich genauso aus, wie es vereinbart worden war."

„Hören Sie, das ist doch alles ein großes Missverständnis." Das war jetzt Capocynsky, seine Stimme klang leise, fast quengelig. „Sobald ich den General ans Telefon kriege; murmel; brabbel; murmel.

„Das sind schließlich meine Jungs, verstehen Sie doch. Ich betreue sie inzwischen seit bald zwei Jahren, und ich habe für jeden einzelnen von ihnen die Verantwortung, für jeden einzelnen lege ich meine Hand ins Feuer."

„Wenn Sie sich da nur mal nicht verbrennen, Major," sagte der andere mit einem gehässigen Lachen. „Wissen Sie eigentlich, wie Sie hinter Ihrem Rücken genannt werden? Froschgesicht. Verklemmter alter Sack. Der doofe Papa Capocynsky, hahaha."

Der Lauscher an der Wand hört seine eig'ne Schand ..." Mit Mühe fand ich in die Gegenwart zurück und hörte gerade noch, wie der Besucher mit eisiger Stimme sagte: „... auch eine Möglichkeit gewesen.

Wir müssen das unbedingt verhindern, denn jeder dieser Stahlmänner trägt schließlich sein eigenes Technisches Handbuch von seinem System mit sich herum. Außerdem wäre der nordkoreanische Geheimdienst sehr an dieser Technologie interessiert, denn allein mit diesem technischen Handbuch hätte er Unsummen verdienen können. Es wäre nicht auszudenken, wenn das Projekt in fremde Hände geraten würde."

In meinem Kopf ratterten die Gedanken. Oha, das sind ja tolle Nachrichten, die Regierung will also tatsächlich das Stahlmann-Projekt endgültig beerdigen, also hatte ich doch den richtigen Riecher gehabt. Die wollten mich glatt auf dem stillen Weg beseitigen, indem man mich einfach so verhungern ließe. Aber was soll dieser Begriff „Drachenblut" bedeuten? Das würde ich bestimmt auch bald herausbekommen.

Vorsichtig ließ ich mich wieder auf die Erde fallen, ich hatte genug gehört, jetzt musste ich sofort mit dem Typen allein sprechen, ohne den fremden Besucher, das hieß also abwarten und Teetrinken.

Ich ging vorsichtig zum Eingangsbereich des Hotels, und ich brauchte zum Glück nicht lange warten, bis der Fremde herauskam, sich vorsichtig nach allen Seiten umsah, in eine große schwarze Limousine stieg und davonbrauste.

Jetzt kam meine Stunde, und die wollte ich sofort nutzen, um endlich die ganze Wahrheit herauszubekommen. Sofort ging ich zurück zur Rückfassade und mit einem einzigen Satz war ich wieder vor dem Fenster und klopfte ein paar Mal leise an die Scheibe, ich wollte ja schließlich keinen Skandal heraufbeschwören und gleich das ganze Fenster zertrümmern.

Capocynsky öffnete vorsichtig das Fenster, er war im Schlafanzug und hatte eine olivgrüne, wattierte Gesichtsmaske in die Stirn geschoben. „Marc? Sie? Was, zum Teufel, soll denn dieser Auftritt? Ich denke, wir wollten uns erst in zwei Stunden treffen?"

Er schloss vorsichtig das Fenster und sah hinaus. Sein Schlafanzug war von erfreulicher Schlichtheit, mit einem silbernen Blümchen auf den Schulterklappen wäre er glatt als Uniformersatz durchgegangen.

Ohne meine Antwort abzuwarten, ging er hinüber zu dem Schreibtisch, auf dem der Koffer mit dem Satellitentelefon lag. Darüber hing ein goldgerahmter Spiegel. „Das ist mein ganzes Leben", erklärte er seinem Spiegelbild. „Was soll ich denn machen? Ich habe den Eid auf die Fahne geschworen, auf die Verfassung des Staates. Ich habe geschworen, mein Leben zu geben, wenn es meinem Land dient und zu sterben, wenn es der rechtmäßig gewählte Präsident befiehlt. Das ist mein Leben, Marc, und ich dachte, du würdest genauso darüber denken."

Einen kurzen Moment lang hatte ich den Verdacht, dass er mir damit meine biologische Selbstaufgabe schmackhaft machen wollte, ich sollte also meinen Freitod mit Patriotismus und hehren Idealen hübsch golden anmalen, sonst würde das ein Kommando Agenten für mich besorgen. Nein, er sprach wirklich zu sich selbst.

„Nun hören Sie schon mit dem Theater auf, Capocynsky, mit Treue zur Verfassung hat das alles hier nichts zu tun. Das ist einfach ein dreckiges Geheimdienstspielchen, dass Sie da mit mir spielen, weiter nichts. Kommen Sie schon, sagen Sie mir endlich die Wahrheit, wie es mit dem Stahlmann-Projekt weitergehen soll. Soll ich Ihnen die Wahrheit sagen? Sie haben das Stahlmann-Projekt längst verkauft. Wie hoch war denn das Spielchen? Oder wollen Sie uns einfach still und heimlich beseitigen? Aber Freitod durch Hunger ist ein ganz mieses Verfahren, das ist unmenschlich."

„Das geht Sie gar nichts an," sagte er und drehte sich langsam zu mir um. „Sie haben übrigens Recht, das Stahlmann-Projekt ist eingestellt worden.

Aber nun mal raus mit der Sprache, warum haben Sie denn Dritten das Stahlmann-Projekt verraten?" fragte Capocynsky bohrend, faltete seine Finger zusammen und sah mich eindringlich mit seinen wässerigen Augen an.

Diesmal brauchte ich keine Verblüffung zu heucheln. „Wieso sollte ich irgendjemandem das Projekt verraten haben? So ein Unsinn, denn vor ein paar Tagen wusste ich ja gar nichts von der Einstellung des Projektes, und dieser Verrat würde mir doch nur selber schaden." Ich erstarrte innerlich zu Eis, diese miesen Typen hatten mir die Wachleute auf den Hals geschickt.

„Darum schickte ich über ihn als Warnung das Paket mit dem alten Buch, als Schuss vor den Bug sozusagen, dass sie vorsichtiger sein sollten. Capocynskys Blick war verschleiert vor Schmerz. „Sie brauchen mich nicht anzulügen, Marc, ich kenne die Beweislage, erst gestern Abend war ein Mann des Einsatzteams bei mir und er hatte mir die Aufnahmen aus Ihrer Küche vorgespielt, es gibt keinen Zweifel, Sie haben das Stahlmann-Projekt an Dritte verraten, und Sie wissen ganz genau, was das für Ihre Zukunft bedeutet. Oder wollen Sie etwa behaupten, dass Sie es nicht gewusst haben, dass Sie rund um die Uhr abgehört werden? Die Erlaubnis dazu hatten Sie uns schon vor Monaten persönlich erteilt, oder etwa nicht?"

„Nein, so etwas habe ich niemals unterschrieben. Das ist eine Riesen-Sauerei, zum Abhören hatten Sie keinerlei Berechtigung. Und am Telefon wollte ich mich nur bei meinen Kumpeln vergewissern, ob sie noch am Leben wären und ob sie auch das Gefühl hätten, dass die Zentrale das Stahlmann-Projekt kaputtmachen wollte, indem man uns die Kraftnahrung verweigerte, damit wir verhungern sollten, das ist doch die Wahrheit, oder etwa nicht?

Ich war nämlich gerade eben noch einmal auf der Post gewesen, da kamen früher immer die Pakete mit dem Nahrungskonzentrat für mich an, erinnern Sie sich? Heute hätte auch wieder eines ankommen sollen. Bloß, es war schon wieder mal keines da."

„Ach ja, die Post, war die überhaupt schon da gewesen?"

„Ja, das war sie, aber wieder mal war nichts wichtiges für mich dabei."

Er fummelte unruhig nach seinem Handy auf dem Nachttisch. „Wie spät haben wir es eigentlich? Ich kann ja mal in der Zentrale anrufen, aber ich bin mir ziemlich sicher, dass spätestens morgen…."

„Lassen Sie die dummen Spielchen, Capocynsky," zischte ich und baute mich drohend vor ihm auf. „Sie wissen ganz genau, dass für mich überhaupt kein Paket mehr kommen wird. So ist es doch von Ihnen angeordnet, oder? Geben Sie es doch ruhig zu. Sie wollen mich schlicht und einfach verhungern lassen, was für eine miese Methode."

Er ließ das Rumspielen mit dem Handy und sank matt auf den Bettrand. „Ich wollte Ihnen eigentlich gleich erst die Wahrheit sagen, es ist so viel in der letzten Zeit passiert und ich blicke im Moment selber nicht mehr richtig durch, außerdem habe ich in der letzten Zeit ein Zuständigkeitsproblem, denn…"

„Aha, ich verstehe langsam, was hier gespielt werden soll, ihr wollt uns also doch einfach stillschweigend umbringen und verhungern lassen, egal wie, einen nach dem anderen ausknipsen und damit das komplette Stahlmann-Projekt still und reibungslos beerdigen. Und mein Kumpel Joel hatte vorgestern gerade mal eine kleine Lungenentzündung bekommen, das war doch auch kein Zufall, oder? Ich wollte ihn gestern besuchen, ich…"

Capocynsky sagte nichts und sah mich mit weit aufgerissenen Augen an, ein Blick, in dem Entsetzen und grausiges Vorwissen verschmolzen. „Das wusste ich ja wirklich nicht, Joel hat eine Lungenentzündung?" hauchte er sichtlich erschrocken. Plötzlich sah er uralt und klein aus, wie er auf dem Rand des monumentalen Himmelbettes aus tiefbraunem, gedrechseltem Holz saß.

Ich fühlte aber kein Erbarmen mit ihm. „Ja, der gute Joel war wahrscheinlich plötzlich rein zufällig an einer Lungenentzündung gestorben! Und mein Kumpel Michael ist seit Tagen nicht zu erreichen, und Juan Carlos geht auch nicht mehr ans Telefon. Was hat das alles zu bedeuten, Capocynsky? Sagen Sie mir jetzt endlich die Wahrheit, sonst passiert gleich was schlimmes!"

„Die beiden sind doch in die Zentralklinik eingeliefert worden, weil Juan schon seit langem Gelenkbeschwerden hatte, zur Regeneration sozusagen, äh...."

„Haben Sie mit ihnen wenigstens persönlich gesprochen, ich glaube nämlich inzwischen nicht mehr, dass auch nur ein einziger Stahlmann außer mir noch am Leben ist."

„Ja, sicher, ich –" Er setzte zu einer Antwort an und sagte dann doch nichts, er sah mich nur an wie ein waidwundes Tier seinen Jäger. Ich zog mir einen Stuhl heran, hockte mich drohend vor ihn hin und dachte nicht daran, das qualvolle Schweigen zu brechen.

Als ich drohend näher an ihn heranrückte, flüsterte er heiser. „Es gibt diesen Vernichtungsplan schon eine ganze Weile", Aber ich hatte mich immer entschieden gegen diese Maßnahme ausgesprochen, das müssen Sie mir wirklich glauben, Marc. Ich hatte ja nicht geahnt, dass die Zentrale so etwas als Notfalloption wirklich in Erwägung ziehen würden, aber nachdem das mit dem Spion aufkam, da ging es nicht mehr anders, da ..."

„Also gab es doch einen, Plan, alle Stahlmann-Krieger irgendwie nach und nach umzubringen? Los, sagen Sie mir endlich die ganze Wahrheit, sonst zerquetsche ich Sie gleich wie eine heiße Kartoffel."

„Ja, das komplette Stahlmann-Projekt war letzten Monat eingestellt worden und alle Spuren sollten endgültig ausgelöscht werden. Ab jetzt gilt nur noch das neue Drachenblut-Konzept für die Regierung."

Ich war froh, dass ich in diesem Augenblick auf dem Boden saß, denn vor mir klaffte urplötzlich ein Abgrund auf, ein Schlund unfassbaren Entsetzens. Es ist ein grausiges Spiel, gesagt zu bekommen: Ja, genauso ist es, ihr solltet vernichtet, eingestampft werden, das ist der Augenblick, wo einem der Boden unter den Füßen weggezogen wird.

„Wir mussten einfach so handeln, denn wir durften nicht riskieren, dass bald in würde. Auf Sie war ein Anwalt angesetzt worden, und der war plötzlich wie vom Erdboden verschwunden. Seine Geschäftspartner wussten nur, dass ihm heimlich irgendjemand einen silbernen Chip und ein Schreiben mit einem großen roten Emblem gegeben hatte. Also war das Stahlmann-Projekt gefährdet, und wir mussten einfach die Notbremse ziehen, es gab plötzlich zu viele Mitwisser."

„Aber warum sollte es denn nötig gewesen sein, uns daraufhin alle zu eliminieren? Wir hatten doch alle Operationen klaglos ertragen, wir hatten wie vertraglich vereinbart einfach und unerkannt vor uns hin gelebt und die ganze Zeit den Mund gehalten. Und vor allen Dingen hatten wir tagelang die verfluchten Nahrungskonzentrate gefressen, die uns jetzt auch noch vorenthalten werden."

„Aber wir mussten so handeln, denn wenn der Anwalt mit jemandem vom koreanischen Geheimdienst gemeinsame Sache gemacht hätte, hätten die das Stahlmann-Projekt einfach übernommen und sofort selber ausgeführt.

Ich bitte Sie, Marc, schauen Sie doch, wenn dieser Anwalt das Projekt allein vor die Gerichte gebracht hätte, dann hätte er in einem Prozess für jeden von Ihnen mindestens eine Milliarde Euro Schadenersatz rausschlagen können, von seinem eigenen Profit mal abgesehen. Und die Bevölkerung würde Sturm laufen gegen eine Regierung, die das Experiment Stahlmann zugelassen hätte."

Ich schnellte wütend wie von selbst von meinem Stuhl hoch, sprang zum Fenster, von dem aus man gerade den Hafen sah und im Becken schwamm ein patrouillierendes Polizeiboot. „Eine Milliarde Euro Schadensersatz? Was soll ich denn damit anfangen? Ich schaffe es doch nicht mal, meine reguläre Pension auszugeben und mit den ganzen technischen Implataten werde ich bestimmt sowieso nicht mehr lange überleben. Was soll ich denn mit einer Milliarde Euro anfangen? Meinen Darm krieg ich nicht mal für einen einzigen Euro wieder."

Er nickte gequält. „Das sehen Sie so. Aber John zum Beispiel hatte selber die Idee geäußert, zu einem Anwalt zu gehen und alles hochgehen zu lassen. Ja, so sah es um den loyalen Kumpel John aus, der wollte nämlich schon längst zum Verräter werden. Das wissen wir aus verlässlichen Quellen, dass ein starker Verdacht bestand, dass...."

„Aber das ist doch lächerlich, John war immer loyal im Gegensatz zur Regierung. Wir waren doch immer Versuchskaninchen und die Armee hatte schon in den fünfziger Jahren Legionen von Soldaten in atombombenverseuchte Testgelände gejagt, und die Hälfte von denen ist später an Krebs gestorben. Sie haben ein atomares Fallout über ahnungslosen amerikanischen Bürgern niedergehen lassen, um dann hinterher untersuchen zu können, wie sich das Ganze medizinisch auf ihrem Körper auswirkt.

Und da gab es keine Schadenersatzprozesse, ich habe von keinem einzigen gehört. Also erzählen Sie mir nur nicht, dass der Projektleiter alle Stahlmänner umbringen lassen will, weil die Regierung plötzlich Angst vor einem Schadenersatzprozess bekommen hat. Das ist lächerlich, dahinter muss etwas anderes stecken, und das werde ich auch rauskriegen, so wahr ich hier stehe."

Capocynsky saß schweigend da und fuhr sich mit der Hand durchs Haar, sah kurz zu mir her und schaute wieder weg ins Leere, schlagartig ahnte ich, dass es noch eine andere schreckliche Wahrheit sein würde als meine Fantasie bis jetzt auszumalen imstande war. „Es gibt da eine Sache, von der Sie noch nichts wissen", sagte Capocynsky heiser.

In diesem Augenblick schob sich eine regenschwere Wolke vor die Sonne und die Helligkeit des Tages endete schlagartig, das tiefe Braun der Möbel und das Grün-Gelb der Decken, Kissen, Vorhänge und Tapeten verschmolz zur düsteren Theaterkulisse eines Zauberwaldes. Capocynskys Stimme war zum qualvollen Wispern geworden.

„Die Regierung hatte vor zwei Wochen zwar das Stahlmann-Projekt endgültig aufgegeben, aber nicht die Idee, den perfekten Soldaten zu schaffen. Seit einiger Zeit versucht man es nun auf gentechnischem Weg mit so genannte Chimären, also mit Menschen, die über bestimmte Tier-Eigenschaften verfügten, die mit der Kraft eines Krokodils oder eines Bären, die Wendigkeit eines Panters, der Widerstandskraft und Kletterfähigkeit einer Spinne und so weiter. Das neue Projekt läuft unter dem Codenamen Drachenblut."

„Wie bitte, sind die Typen von der Regierung jetzt komplett wahnsinnig geworden, jetzt wollen die irgendwelche Chimären statt Stahlmänner einsetzen? Willkommen auf der Insel des Doktor Moreau. Also darum hatte uns die Regierung niemanden mehr eine reelle Chance gegeben? Wir waren doch perfekt geeignet, dass…." Schlagartig fühlte ich mich unerträglich müde und sank zurück auf den Stuhl.

„Ja, die Regierungsleute haben nämlich eingesehen, dass das Stahlmann-Projekt ein Irrweg war und bei diesem neuen Projekt wollten sie diesmal nichts überstürzen. Erste Versuche laufen bereits, aber es wird natürlich noch einige Zeit dauern, bis man die ersten Ergebnisse sieht.

Auch ein gentechnisch manipulierter Mensch braucht nun mal achtzehn Jahre, bis er erwachsen und einsatzfähig geworden ist. Und dieses neue Projekt wird mit allen Mitteln der Geheimhaltung geschützt. Es ist schließlich eine Frage der nationalen Sicherheit," flüsterte er heiser und wischte sich mit dem Schlafanzugsärmel den Schweiß von der Stirn.

„Aber was wird aus mir, die Regierung kann uns doch jetzt nicht einfach so hängenlassen? Ich brauche schließlich die Nahrungspakete, oder wollen Sie mich etwa wirklich verhungern lassen? Auch eine Methode, aber meinen Sie denn nicht, dass bei einem von uns die Nerven durchbrennen, und der geht zur Polizei und fordert bei der Regierung per Gerichtsbeschluss Kraftnahrung für uns an. Das gäbe einen Riesen-Skandal in der Öffentlichkeit."

Capocynsky lachte kurz auf, und sein freudloses Lachen ging in Husten über. „Können Sie sich das nicht denken, dass wir auch darüber nachgedacht haben? Angenommen, es sickert irgendwie nach draußen durch, dass es jemals ein Stahlmann-Projekt gegeben hätte, was wäre dann die Folge? Es würde einen Riesenskandal auslösen, der Bundestag würde einen Untersuchungsausschuss einsetzen und sämtliche Mitarbeiter des Projektes von damals, von denen schon jetzt einige am neuen Drachenblut-Projekt arbeiten, müssten gestoppt werden. Was würde der neue Investor dazu sagen? Dann würde auch die Existenz von Drachenblut aufgedeckt und es käme sofort zum nächsten Skandal, über den sogar ganze Regierungen stürzen könnten. Das wird man auf keinen Fall zulassen, nicht bei einem derart langfristig angelegten neuen Projekt."

Ich begriff sofort. Ich hatte zwar nicht die geringste Ahnung, wie man sämtliche Spuren eines milliardenschweren Projekts beseitigen wollte, das Jahre gedauert hatte und an dem Hunderte von Menschen beteiligt gewesen waren, aber ich und die anderen Krieger waren ja lebende Beweisstücke des Stahlmann-Projektes.

Man kann Akten vernichten, Bänder und Festplatten löschen, Zeugen einschüchtern oder sich ihr Schweigen erkaufen, solange es noch lebendige Männer gibt, die man nur vor ein Röntgengerät zu stellen braucht, um das Unglaubliche zu beweisen, sind alle anderen Maßnahmen nutzlos. Wie lange wissen Sie schon vom neuen Projekt Drachenblut?" fragte ich offensiv und baute mich drohend vor ihm auf.

„Offiziell erst seit gestern Abend. Junge, warum nur haben Sie unser Projekt verraten und alles Vertrauen in die Sache zerstört? Was soll der neue Investor davon denken? Ich bin abgrundtief enttäuscht, dass Sie zu solcher Hinterlist, solch bodenloser Heimtücke fähig sind. Geben Sie es ruhig zu, Sie wollten mit dem Anwalt gemeinsame Sache machen und das bedeutet automatisch sowieso Ihr Todesurteil."

„Wie kommen Sie darauf, eine solche Lüge in die Welt zu setzen? Ich habe mich immer total loyal verhalten, all die Zeit habe ich alle Nachteile klaglos hingenommen, und das soll jetzt der Dank dafür sein? Pfui Teufel."

„Reden Sie sich doch nicht raus, auch wenn Sie sich überall verstecken, Sie werden den Sicherheitskräften nicht entkommen, Marc, die ganze Stadt steht unter Kontrolle, an jeder Ausfallstraße sind Wagen mit Radar und Infrarotgeräten postiert. Ihr Haus wird permanent überwacht, die warten so lange, bis Sie vor Nahrungsmangel so geschwächt sein werden, dann werden sie einen Militär-Notfall-Krankenwagen schicken, der Sie ohne großes Aufsehen einsammeln würde."

„Und warum um alles in der Welt dieser Aufwand? Warum schicken sie nicht einfach einen GsG9-Absolventen, der mir kurz und schmerzlos ein dickes Projektil in den Schädel jagt? Das wäre doch viel einfacher gewesen."

Er zuckte hilflos mit den Schultern. „Ich weiß es nicht, Marc. Ich weiß nur, dass alle Agenten die ausdrückliche Weisung haben, Ihnen nichts zu tun, was nach außen nur irgendwie gewalttätig aussehen könnte. Ausdrücklich, und das wurde von verdammt weit oben beschlossen. Sie sollen lebendig übergeben werden, und alles weitere wird sich aufklären."

„Was, das soll unauffällig sein, wenn Dutzende von Agenten die ganze Stadt belagern? Nee, tun Sie doch nicht so menschlich. Sie sollten einfach nur so lange abwarten, bis ich verhungere oder irgendwie sonst abkratze und eingesammelt werde? Ist das die elegante Methode, mit der man uns auf die elegante Art loswerden will? Ich bestehe darauf, sofort und auf der Stelle wieder mit Kraftnahrung versorgt zu werden."

„Ich kann und darf Ihnen auch keine weiteren Konzentrate mehr verschaffen, das ist wirklich wahr." Er legte seine fleischige Hand auf den Koffer mit dem Handy. „Aber ich ahnte schon vorher, dass unser Gespräch so ausgehen würde, und habe für Sie etwas anderes erreicht, vorausgesetzt, es läuft genauso, wie man es mir versprochen hatte.

Na ja, ich werde nicht lange rumherumkommen und Ihnen lieber gleich die Wahrheit sagen: Wir habe einen neuen Investor für das Stahlmann-Projekt gefunden, und die sind natürlich sehr an der ganzen Technik, äh, an der gesamten Umsetzung interessiert.

Ein Schiff aus unserem Stall, die *USS Rushmore,* ist gerade von Cadiz in Spanien aus zu einer Nordatlantikmission unterwegs. Sie macht einen Schlenker und kommt morgen Abend in Köln im Hafengelände in geheimer Mission an, sie kommen kurz rein, nehmen Sie an Bord, und bei ihnen sind Sie sofort in Sicherheit."

„Das ist immerhin eine Idee, aber so viel plötzliche Humanität kann ich mir bei unseren Projektleitern gar nicht vorstellen, da steckt doch ganz bestimmt ein Pferdefuß dahinter. Capocynsky, ich warne Sie, ich bin total auf die Nahrungskonzentrate angewiesen, wie soll ich die ganze Zeit überleben? Also, raus mit der Sprache, was haben die wirklich vor, und was wird dann aus mir?"

Er zögerte, und dieses Zögern sagte mir eigentlich alles. „Zumindest sind Sie dann schon mal ohne Umwege bei richtigen Leuten, bei den Elitesoldaten, Marc. Die werden bestimmt eine befriedigende Lösung für Sie finden, man wird Sie schon nicht verhungern lassen, so etwas unmenschliches machen doch unsere Leute nicht. Natürlich ist alles mit der Regierung abgesprochen und wir arbeiten schon an einer humanverträglichen Lösung, das können Sie mir wirklich glauben."

„Humanverträglich, haha, wer glaubt denn sowas. Nein, ich glaube jetzt niemandem mehr von Ihrer Scheiß-Regierung. Das war unser letztes Gespräch Capocynsky, ich werde auch allein auf Nimmerwiedersehen verschwinden, trotz der ganzen Typen da draußen, ihr kriegt mich nicht, niemals, ab jetzt sehe ich klar und organisiere mir mein Überleben selber, ich werde ganz bestimmt etwas essbares finden. Also auf Nimmerwiedersehen."

Es blieb mir also gar nichts anderes übrig, ich musste Capocynsky umbringen, obwohl ich der Organisation früher einmal vollkommen vertraut hatte, ich musste es einfach tun. Also packte ich ihn mit einem einzigen Griff meiner rechten Hand und brach ihm das Genick, ein leiser und ein schneller, ein unverdient gnädiger Tod mit einem einzigen Knack und er fiel wie eine schlappe Puppe in seinem Sessel.

Gewiss, er war auch ein Agent wie ich und handelte im Dienste seines Landes und nicht nur aus eigenem Interesse und hatte eigentlich nur das getan, was er für seine Pflicht gehalten hatte.

Im Nachhinein betrachtet war es ein unvertretbares Risiko, ihn einfach im Hotel liegen zu lassen, aber es war mir vollkommen egal, jetzt noch meine Spuren zu verwischen. Ich wusste jetzt dieganze Wahrheit.

Nein, ich würde niemals ein Vorzeige-Stahlmann des amerikanischen Militärs werden, den man bei Bedarf zerlegen lassen kann, niemals. Mein Körper gehört mir und ich kann damit tun und lassen, was ich für richtig halte. Ich hatte schon lange genug stillgehalten, jetzt war es Schluss, ich würde schon irgendwie anders zurechtkommen.

Mit einem Schwung stand ich am offenen Fenster und mit einem Hechtsprung landete ich unten auf dem Parkplatz, vorbei an einem schwarzen Hummer, aus dem gerade zwei Typen sprangen, um mir den Weg zu versperren. „Ihr kommt mir gerade recht," knurrte ich, fuhr beide Fäuste aus und ließ sie donnernd in ihre Mitte sausen, sie knickten wie zwei Strohhalme und ein gezielter Tritt beförderte sie in den Rinnstein, wo sie keuchend liegenblieben. „So, ich hoffe, ihr habt jetzt genug von mir. Und tschüss."

Zufrieden joggte ich in Richtung Volksgarten, nach Hause wollte ich jetzt irgendwie nicht gehen. Aber plötzlich bekam ich fürchterlichen Hunger, mein Bauch war eine einzige große Wunde und es bohrte ein fürchterlicher, nicht auszuhaltender Schmerz darin, ich konnte plötzlich an nichts anderes mehr denken als an Essen, uralte Instinkte übernahmen die Herrschaft über meinen gemarterten Körper. Nahrung, befahl er streng und ich gehorchte auf der Stelle.

Wie von selbst setzten sich meine Füße sich in Richtung Supermarkt in Bewegung und schnell fand ich mich zwischen den Regalen des Rewe-Supermarkts wieder, schob einen leeren Einkaufswagen vor mir her, wanderte die Reihen der Dosen, Gläser und Pappschachteln ab, ich wusste gar nicht mehr, was ich eigentlich kaufen sollte, was von dem Zeug konnte ich denn überhaupt noch problemlos essen?

Die offizielle Antwort darauf war kurz und einfach: Nichts. Was immer ich auch essen würde, es würde im besten Fall meinen rudimentären Darm wirkungslos passieren, im schlimmsten Fall dagegen Verdauungs-beschwerden, Koliken und Krämpfe auslösen, die mich sogar schlimmstenfalls umbringen konnten. Aber jetzt war mir alles egal, Hauptsache, ich konnte meinen Magen wieder mit irgendetwas füllen.

Fleisch vielleicht, dachte ich, als ich an der Metzgertheke vorbeikam, galten denn nicht Proteine als leicht verdaulich? Dieses blutrote Stück Fleisch da in der Auslage auf dem chromblitzenden Tablett lachte mich an und ließ mir das Wasser im Mund zusammenlaufen.

„Das da", sagte ich zu dem Mann hinter der Theke, und er wuchtete es bereitwillig auf sein Schneidbrett, zückte sein großes Messer und wollte wissen, wie viel davon. „Alles", sagte mein Mund, ehe ich einen klaren Gedanken fassen konnte. Jetzt hob er doch etwas die Augenbrauen, und die Frau neben mir warf mir merkwürdige Blicke zu. „Das kostet aber sechsunddreißig Euro!?" sagte er mit zweifelndem Unterton in der Stimme.

Mein Mund und mein Bauch waren Verbündete, ganz klar. „Okay", hörte ich mich sagen und atemlos sah ich zu, wie das rote Fleisch in beschichtetes Papier verpackt wurde, nahm es mit beiden Händen in Empfang und legte es mit einem Gefühl tiefer sinnlicher Befriedigung in meinen Einkaufswagen.

Jetzt hatte ich Blut geleckt, mein Jagdfieber war erwacht. Ich beschlich das Regal mit den Getränken und riss eine herrlich goldene Literflasche Orangensaft heraus, natürlich brauchte ich Vitamine. Auf dem Weg zur Kasse brachte ich außerdem noch ein Glas Honig in meine Gewalt, ohne dass ich hätte sagen können, was mich daran reizte. Vielleicht, weil es so wehrlos dastand und süßen einfachen Genuss versprach.

Mein restliches Geld reichte gerade für den Einkauf. Ein paar Münzen hatte ich noch übrig, als ich mir mit meiner Tüte den Weg nach draußen bahnte, wo neue Verfolger schon wieder auf mich warteten.

Ich warf ihnen einen wütenden Blick zu und wandte mich in Richtung Rheinufer, jetzt war es mir vollkommen egal, ob sie mir folgten oder nicht. Aber auch dort war ich nicht allein, gerade waren Busladungen voller Touristen unterwegs, die vor den Andenkenläden herumstolperten, Ansichtskartenständer drehten, bei den Ständen der fliegenden Händler Pullover befühlten, Sonnenbrillen aufsetzten und lange Schlangen vor dem Schalter der Bootsausflüge bildeten.

Schnell überquerte ich die Deutzer Brücke, endlich blieben die Touristen hinter mir zurück, aber draußen vor den Poller Wiesen waren Bauarbeiten in vollem Gang, aber ich wollte mich in einer Höhle verkriechen und endlich ungestört meine Beute verschlingen, ohne dass jemand sie mir streitig machte.

Ich war irre vor Hunger, das war nicht der Hunger von ein paar Tagen, das war ein Hunger aus zwanzig Jahrtausenden, eine mörderische, wahnwitzige, bodenlose Gier nach Nahrung. Ich lief immer weiter am Rhein entlang, an der Zuckerfabrik in Poll vorbei, bis zu den Poller Wiesen, aber natürlich standen auch hier schon einige Typen zufällig herum und folgten mir sogar zu Fuß in einigem Abstand. Jetzt war mir das vollkommen egal, ich ging automatisch einfach immer weiter bis zum kleinen Yachthafen.

Den Plastikbeutel mit dem Fleisch, dem Orangensaft und dem Honig hatte ich eng vor die Brust gepresst, als ich an dem kleinen Strandabschnitt der Porzer Groov ankam, stapfte mit großen Schritten über Kies und Geröll und fand einen großen Stein, auf den ich mich setzen konnte.

Vorsichtig zog ich die Tüte auf den Schoß, holte die Saftflasche und das Honigglas heraus und stellte beides behutsam auf den Boden zwischen die Kiesel. Meine Hände zitterten, als ich das Paket mit dem Fleisch auspackte, es fühlte sich kühl und weich an, und der Blutgeruch, als ich das Papier zurückschlug, war ekelhaft und unwiderstehlich zugleich.

Sichernd sah ich mich um, ich sah aber niemanden, wenn ich auch nicht daran zweifelte, dass irgendwo meine Verfolger mit Ferngläsern saßen und mich beobachteten. Egal, sollten sie doch. In diesem bebenden Moment zählte nur, dass ich gleich die Zähne in dieses Stück Fleisch schlagen konnte. Aber es leistete Widerstand, und ich hatte längst vergessen, wie zäh rohes Fleisch sein kann. Ich zog und zerrte und riss endlich einen kleinen Fetzen davon ab, kaute ihn schweißnass mit zitterndem Genuss, es war herrlich.

Kein Wunder, dass mir die Zähne wehtaten, denn sie waren doch seit Jahren nur noch mit Kaugummi trainiert worden und richtiges Kauen waren sie schon lange nicht mehr gewohnt.

Ich kümmerte mich nicht darum, ob mir der Sabber das Kinn hinablief, ich kaute nur und kaute und würgte es schließlich hinab, von urtümlicher animalischer Befriedigung erfüllt, aber dieser schwere, wabbelige Brocken Kadaver wurde nicht weniger in meinen Händen, das war natürlich zu viel für mich, aber ich riss und kaute einzelne Fasern und kleine Bröckchen wie im Rausch.

Irgendwann ließ ich das Fleisch sinken und langte nach der Flasche mit dem Orangensaft, schraubte sie mit einer Hand auf und nahm einen tiefen Schluck daraus, der kühl und intensiv wie reine Götternahrung meine Kehle hinablief, stellte die Flasche zurück, wischte mir mit dem Handrücken über den Mund und betrachtete irritiert die blutige Spur darauf.

Natürlich hätte ich an die Folgen denken sollen, denn meine verkrüppelten Eingeweiden verkrampften sich schlagartig und begannen heftig zu zucken, ich würgte, kotzte und reiherte, eine Urgewalt wütete in meinen wenigen Därmen wie die stählerne Faust eines titanischen Schlächters, der rücksichtslos jedes einzelne unstatthaft zu mir genommene Molekül wieder aus mir herauspresste.

Ich hing geschüttelt und gebeutelt über meinem Stein, würgte und fluchte und heulte gleichzeitig. Irgendetwas machte ich mit dem Fels unter mir, denn als ich es endlich wieder schaffte, mich in eine halbwegs sitzende Position zurück zu bringen, war unter mir nur noch ein scharfkantiger Haufen Steine übrig, die mit sanften, kollernden Geräuschen auseinander fielen.

Meine rechte Hand tat weh und war staubig, und mir wurde plötzlich furchtbar schwindelig. Ich sank auf die Seite und blieb so liegen, den Geruch nach Rhein und Brackwasser in der Nase, und ein kühler Wind strich mir übers Gesicht. Das tat gut. Ich schloss die Augen, ob Stunden vergingen oder Monate, ich hätte es nicht sagen können.

Irgendetwas Nasses weckte mich, direkt über mir kreisten ganze Kommandotrupps gieriger scharfschnäbeliger Möwen, die herunter sausten und sich kreischend am Boden um die Restbrocken Fleisch balgten.

Nach einigen Versuchen gelang es mir, mich endlich aufzusetzen und ich fühlte mich so leer wie noch nie. Automatisch stocherte ich mit einem Zweiglein in dem sauer riechenden Erbrochenen und hielt nach irgendwelchen Metallteilen Ausschau, denn ich hatte nämlich das Gefühl gehabt, die Hälfte meiner Implantate zu erbrechen. Aber ich fand nur einen unverdächtigen, allmählich versickernden und zerlaufenden rotgelben Brei auf dem sandigen Kies.

Umständlich stand ich auf und sah über den fließenden Strom. Schwere, tief hängende Wolken ballten sich über der Rheinaue, mit den Fingern leerte ich automatisch das Honigglas, von dem wusste ich jetzt wenigstens, dass ich Honig essen und auch verdauen konnte.

Mir war eiskalt, ich setzte einen Fuß vor den anderen, immer weiter, immer am staubigen Rand der Straße entlang. Es nieselte immer noch, aus dem Staub wurde nach und nach eine dünne, braune Schmierschicht, aber ich hatte es trotzdem nicht eilig.

Lustlos machte ich mich auf den Rückweg, aber was wollte ich eigentlich zu Hause? Durch diese ewige Bewachung war mein Haus ein ungastlicher, entweihter Ort geworden, der alle beschützende Sicherheit einer Wohnung verloren hatte.

Da waren schon wieder zwei Gestalten in einem schwarzen, geländegängig aussehenden Fahrzeug, sie krochen mit ihrem Wagen quasi am Rand meines Sichtfeldes hinter mir her, und die anderen Autofahrer hupten das rollende Verkehrshindernis wütend an.

Mir war jetzt alles herzlich gleichgültig, ich stapfte dumpf dahin mit einem ekelhaft sauren Geschmack im Mund, in der Kehle, in der Nase, und ich fühlte mich inwendig wund und elend. Ich spürte schmerzhaft meine Implantate in ihrer stählernen, mit Teflon ummantelten Unnachgiebigkeit, das unterschiedliche Gewicht beider Arme und der ständige Seitwärtszug an meiner Wirbelsäule, die Kraftverstärker, die zwischen meinen natürlichen Muskeln gezwängt und auf immer darin eingebettet, machten bei jedem Schritt feine, schabende Geräusche, und dummerweise bekam ich auch noch Halsschmerzen.

Ich wollte nur noch nach Hause, aber in der Straße vor meiner Wohnung parkte ein kleiner schwarzer BMW, aus dem wieder zwei dieser schwarzgekleideten Froschgesichter glotzten.

Jetzt hatte ich keine Angst mehr, ich hatte meine Zukunft in meine eigenen Hände genommen, jetzt wusste ich ja, wo der Feind stand. Langsam ging ich auf das Auto zu und bearbeitete mit meinen Fäusten kurz mal das Dach und machte es zur Wellblechhütte. Ich lachte, hob es hoch und schüttelte es kurz, aber die durchgeschüttelten Typen da drinnen trauten sich nicht mehr raus.

Dann betrat ich äußerlich ruhig meine Wohnung, aber innerlich ratterten die Gedanken durch den Kopf. Mein Infrarotsender signalisierte mir, dass irgendjemand vor kurzem noch hier drin gewesen sein musste, aber das war mir jetzt vollkommen egal, ich wollte sowieso nicht mehr lange hier in dieser

Wohnung bleiben. Also packte ich schnell meinen Rucksack, zwei T-Shirts, einen Tarnanzug, Socken und Unterwäsche.

Ich horchte auf alle Geräusche, da war das Moped des Ältesten der Nachbarn zwei Häuser weiter, ein klappernder Fensterladen, und als es endlich dunkel war, tat ich, als ginge ich zu Bett wie an jedem anderen Abend. Licht im Wohnzimmer aus. Licht in der Küche an.

Die Zielperson, dank nicht zugezogener Vorhänge deutlich zu erkennen, trinkt ein Glas Wasser am Hahn. Licht in der Küche wieder aus, Licht im Bad an. Licht im Bad aus, Licht im Schlafzimmer an. Licht im Flur aus. Licht im Schlafzimmer aus, nur Nachttischlampe brennt noch, wird nach etwa fünf Minuten schließlich ausgeschaltet.

Zielperson hat sich schlafen gelegt. Keine besonderen Vorkommnisse.

Innerlich vibrierend lag ich voll bekleidet im Dunkeln auf dem Bett, starrte an die Decke und überlegte fieberhaft, wie ich mein Ernährungsproblem lösen könnte. Ich musste einfach raus hier, vielleicht konnte ich mir doch irgendeine Traubenzucker-Infusion oder ein verträgliches Nahrungskonzentrat besorgen. Aber wie und wo sollte ich ihn jetzt erreichen.

Geräuschlos glitt ich aus dem Bett, floss durch den Flur, erledigte das mit den Vorhängen im Wohnzimmer und holte meinen Tarnanzug aus dem Tiefkühlfach. Zum Glück hatte ich am Abend noch daran gedacht, die Glühbirne der KühlschrankInnenbeleuchtung herauszuschrauben, sodass nicht der geringste verräterische Lichtschein in den Raum fiel.

Diesmal tat es gut, den beißend kalten Stoff überzustreifen: als stünden meine Nerven in Flammen und würden auf diese Weise gelöscht. Es tat gut, zu spüren, wo mein Körper aufhörte und die Welt anfing. Und vor allem tat es gut, endlich zu handeln.

Traurig sah ich mich noch einmal um. Dies also war einmal mein Zuhause gewesen, zwei stille Jahre lang. Seit dem Einbruch hatte ich mich hier nicht mehr wohl gefühlt, trotzdem erfüllte es mich mit Wehmut, diese Räume zurückzulassen. Würde ich sie jemals wiedersehen? Am besten nicht darüber nicht nachdenken, sondern handeln.

Ein heftiger Schneegrieselregen ging auf die Stadt nieder, als ich die Haustür öffnete, sah ich etwas gelbes, längliches auf der Erde liegen. Als ich es hereinholte, hielt ich staunend eine Banane in der Hand. Wo war die denn hergekommen, Bananen fallen doch normalerweise nicht selber vom Himmel? Ich wendete sie ratlos hin und her, und dann sah ich, dass jemand etwas mit Filzstift drauf geschrieben hatte. Für Paul". Da musste wohl jemand seinen Einkauf verloren haben, na, mir sollte es recht sein.

Zuerst schnupperte ich kurz daran, sie roch aromatisch. Fröhlich pellte ich sie und stopfte sie mir sofort in den Mund. Was für ein herrliches Gebilde, so eine Banane. Sie schmecke göttlich süß und weich, ihr Inneres ist clean und sie ist durch ihre Schale gut verpackt. Und man kann sie sogar mit einer Nachricht beschreiben. Das könnte vielleicht mein Nahrungsproblem lösen. Vielleicht Bananenmus mit Traubenzucker könnte mein fieses Granulat ersetzen. Ich staunte über mein plötzlich eintretendes Glücksgefühl und den aufbrandenden Optimismus. Jetzt war ich sicher, dass ich es bestimmt schaffen würde. Jetzt lohnt es sich wieder zu leben.

Ich war guter Dinge, glitt aus der Haustür hinaus in die kalte Nacht, unsichtbar, ein schwarzer Schatten vor einem schwarzen Hintergrund, ein kaltblütiges Kriechtier, lautlos dank gut geölter Scharniere und eines maschinengestützten Bewegungsmodus, den ich letztlich genau den Leuten verdankte, denen ich entkommen wollte. Es war nicht nötig, irgendwelche Spuren zu verwischen, sollten sie sich ruhig die Köpfe zerbrechen, wie ich unter ihren Augen aus dem Haus verschwinden konnte, außerdem würde der Schnee sowieso gleich alle

Spuren zudecken.

In der Stadt war es ungewöhnlich still, ich stiefelte los und hielt mich dicht an Mauern und Hauswänden. Bei diesem fiesen Wetter war niemand außer mir unterwegs, und das hieß: auch keine Verfolger. Meine Bewacher dösten wahrscheinlich jetzt in ihren Autos und Quartieren, eingelullt von den zweifellos eintönigen Meldungen der Gruppe, die mein Haus bewachte und die immer noch glaubten, dass ich schlafend in meinem Bett liegen würde.

Ich musste aber trotzdem vorsichtig sein, denn vielleicht war doch noch irgendwo ein Wagen mit eingeschaltetem Spürgerät unterwegs und lauerte irgendwo an einer Ausfallstraße.

Ich fiel in einen maschinenunterstützten, für meine Verhältnisse lockeren Dauerlaufrhythmus und verließ Köln, überquerte den Militärring und stand aufatmend am Decksteiner Weiher, hier kannte ich mich gut aus, denn ich hatte hier früher so manche Joggingrunde gedreht.

Geräuschloser als mein eigener Schatten huschte ich über den Kanal hinweg, um diese späte Stunde war kein Jogger oder Spaziergänger mehr unterwegs und im Wald schützte mich mein Tarnanzug perfekt. Die Straße machte einen Knick und ich gelangte ins freie Gelände, nach zwei Kilometern lag eine Kläranlage vor mir, man konnte sie schon von weitem riechen. Das Gelände wurde von einem tiefen Graben von der Straße abgeschirmt und mit einem hohen grünen Zaun umgeben.

Weiter lief ich durch die schlafenden Orte: Sielsdorf, Gleuel, Berrenrath, den Villerücken hoch durch Industriegelände Knapsack, Türnich, über die Erft nach Kerpen, vorbei am Flughafen Nörvenich bis Vettweiß.

Viele Gedanken ratterten in meinem Kopf herum, als ich die leicht ansteigende Landstraße verließ und mit weichen, weiten Sprüngen durch die grün schimmernde Nacht quer über das Feld rannte, ich übersprang Mauern und Zäune und Tore, wo es nötig war, fand die Landstraße wieder, rannte durch die Straßen von Düren, vorbei an meiner alten Schule, wieder fielen mir meine Lehrer und Mitschüler ein, wie ich als Kind vor denen geflohen war, die mir wehtun konnten, weil sie größer und stärker waren als ich und ich dachte daran, wie ich ihnen mit bitteren Kindertränen ewige Rache geschworen hatte.

Eine halbe Stunde später war ich endlich in Vettweiß angekommen, einem winzigen hässlichen Kaff mit den belgischen Arbeiter-Ziegelhäuschen. Ich ging durch den Ort, fast am Ortausgang fand ich einen Raiffeisen-Landmaschinenhandel und die Autowerkstatt, dummerweise wurde irgendwo ein Schäferhund auf mich aufmerksam und bellte sich die Zunge aus dem Leib, aber zum Glück war er angebunden und sein Besitzer hoffentlich weit genug weg, um mir irgendwie gefährlich werden zu können.

Es wurde langsam hell, und ich müsste mir bald ein Versteck suchen. Der Weg roch nach Schafwolle und Dung, und ich stiefelte gerade auf ihren kleinen schwarzen Hinterlassenschaften herum. Eine schmale Mondsichel schimmerte verwaschen durch nächtliche Wolkenfetzen und spendete etwas Licht, mein Nachtsichtgerät zeigte einen Hügel und einen halbrunden Steinkreis in ungefähr zweihundert Meter Entfernung. Ich rannte in grandioser Einsamkeit über eine ansteigende Wiese, setzte über eine hüfthohe Mauer hinweg, der Wind zerrte an meinen Haaren und roch nach feuchtem Gras und Nebel.

Auf der Wiese standen Herden von Schafen zum Schlafen in Gruppen aneinander geschmiegt, kleine weiße Knäuel auf dem dunklen Gras. Um sie nicht aufzuscheuchen, bremste ich meinen Lauf auf normalen Schritt herab und bemühte mich, leise und vorsichtig zwischen ihnen hindurchzugehen.

Einige wachten trotzdem auf, reckten die Hälse, musterten den Eindringling mit ihren spitzen schwarzen Gesichtern, doch meine beruhigenden Laute taten ihre Wirkung und sie vergruben ruhig die Köpfe wieder in ihrer Wolle.

Plötzlich explodierte ein jäher, greller Schmerz in meinem Oberschenkel, ein Schmerz, als wäre eine Harpune mit Widerhaken eingeschlagen und hätte mit einem wilden Ruck ganze Fetzen Fleisch herausgerissen. Ich schrie und dann stürzte ich wie ein gefällter Baum.

Um Himmels willen, was war das denn jetzt gewesen? Ich verlor sekundenlang das Bewusstsein, dann spürte ich die Sedierung pumpen, krümmte mich mit nassem Gesicht nach vorn zu meinem Bein, um die Wunde zu ertasten, und herauszufinden, was da eigentlich passiert war. Ob das ein Schuss gewesen war?

Keuchend tastete ich über hartes, knotiges Fleisch und fand kein Einschussloch, da war kein Blut, aber der Oberschenkel fühlte sich heiß an und war seltsam verformt. Manche Stellen reagierten mit stechendem Schmerz, der schon einem gedämpften Pulsieren wich, weil die Medikamente zu wirken begannen, andere Stellen fühlten sich beängstigend taub an.

Ich lag einen Moment reglos mit dem Gesicht im nassen Gras, ein Schafsbock mit imposant gedrehten Hörnern war aufgestanden und stakste neugierig heran, aus fünf Schritt Entfernung fixierte er mich durchdringend, und ich hatte das deutlichen Gefühl, dass mir der Blick aus seinen dunklen Knopfaugen etwas Wichtiges sagen wollte. Und dann begriff ich endgültig, dass kein Schuss gefallen sein konnte, denn der hätte die Schafe aufgeschreckt und in die Flucht geschlagen.

Also hatte mir mein Körper schon wieder einen bösen Streich gespielt. Ich mahnte mich zur Konzentration, dann setze ich mich schnell auf. Mein Körper verkrampfte sich und verbog sich in widernatürlichen Verrenkungen, ich hörte knackende, knirschende Geräusche und ließ mich sofort wieder auf den Bauch fallen. Die Kraftverstärker würden gleich durchdrehen, meine Adern waren zu dicken Strängen von unnatürlich schwarzblauer Farbe angeschwollen. Es war illusorisch, ich würde die paar Meter nicht zu dem Schafstall schaffen.

Bei meinem letzten Durchchecken in der Stahlmann-Klinik hatte man mich vorgewarnt, dass mit den Kraftverstärkern in meinem rechten Oberschenkel etwas nicht ganz in Ordnung wäre, dass die Aufhängung am Oberschenkelknochen bei großer Belastung reißen könnte. Und genau das musste gerade passiert sein.

Ich befühlte noch einmal mein Bein und konnte die Konturen der aus ihrer Verankerung gerissenen Geräte ertasten, die sich jetzt frei und mit irgendwelchen scharfen Bruchkanten an einem Ende zwischen meinen Muskeln bewegten und dort wer weiß was anrichten mochten.

Als ich versuchte, wieder aufzustehen, hatte ich das Gefühl, als würde ein wild gewordener Mixer das Innere meines Schenkels zerschlitzen. Und dabei stand ich inzwischen mächtig unter Drogen, die durch mein Blut rauschten. Ich ließ mich einfach fallen, denn es tat gut zu liegen.

 Ein kühler Wind strich über mein Gesicht, und der Schenkel beruhigte sich, je länger ich ruhig dalag und mich nicht rührte. Vielleicht war es doch nicht ganz so schlimm, redete ich mir ein. Vielleicht war dies der Moment, in dem die automatischen Sicherheitsvorkehrungen griffen, die man nach Leos Tod bei uns installiert hatte.

Das war ein Albtraum, ich fasste mich an die Brust, tastete hinab zum Bauch, zum Glück lief mein System stabil und reagierte auf meine Impulse, das war kein Systemversagen, sondern schlicht und einfacher Materialbruch.

Als ich die Kraftverstärkung abschaltete, ließen die Schmerzen schlagartig nach und ich schaffte es sogar, mich auf den Rücken zu drehen, sodass ich in den wolkenzerfetzten nachtschwarzen Himmel schauen und darauf warten konnte, dass mir irgendeine Idee kam, was ich jetzt tun konnte.

Ich hörte die Schafe sich unruhig bewegten. Ich mochte diese Tiere mit ihren schwarzen Gesichtern und dem ernsten, ewig verwunderten Ausdruck ihrer Augen. Einem Schafsbock wurde es offenbar langweilig. Er stakste ein paar Schritte davon, zupfte etwas Gras und entschwand schließlich ganz aus meinem Gesichtsfeld.

Die Schmerzen hatten nachgelassen, ich würde bestimmt gleich wieder aufstehen können. Ich starrte in das wattige Schwarz des Himmels und überlegte, ob ich bis zum Morgen hier liegen bleiben könnte. Ob jemand täglich kam, um nach den Schafen zu schauen, oder ob man die Tiere wochenlang sich selber überließ. Drei Schafe, darunter der Bock von vorhin, musterten mich mümmelnd und mit mäßigem Interesse. Ich ächzte, worauf eines der Tiere einen Schritt Rückwärts ging, die anderen aber gleichmütig stehen blieben.

So weit war es also gekommen mit meiner Gefährlichkeit. Mein Oberschenkel fühlte sich wie ein mit Hosenstoff überzogener Baumstumpf, hart, holzig, von bizarrer Form. Es genügte, dass ich mit der Hand darüber fuhr, um die Sedierungspumpe auf Höchstleistung zu jagen. Klugheit und Tapferkeit siegen, egal wie aussichtslos die Lage scheint, das war es, was man uns immer beigebracht hatte.

Im Osten färbte sich der Himmel langsam rosa, der Schafsbock hob plötzlich den Kopf, um mit bebenden Nüstern einen Punkt am Horizont zu beäugen. Ich verstand sofort seine Unruhe, denn ich konnte mit bloßem Auge eine kurze Kette tanzender Lichter erkennen, durch mein Nachtsichtgerät sah ich Männer, die nebeneinander gingen und irgendetwas in den Händen hielten. Ich sah genauer hin, die hielten Gewehre mit eingeschalteter Laser-Zielvorrichtung in der Hand. Das waren keine Bauern beim Wildern, die hatten es bestimmt auf mich abgesehen.

Ich ließ mich fallen und drückte mich stöhnend tiefer ins Gras. Jetzt war es also so weit, sie hatten beschlossen, mich endgültig zu holen.

Ob sie wohl wussten, was mit mir los war? Nein, bestimmt nicht, sonst hätten sie sich wohl nicht so vorsichtig genähert. Ich hatte sogar den Eindruck, dass sie nicht einmal genau wussten, wo ich lag, aber wenn sie Infrarotgeräte dabei hatten, würde ich nur noch einen winzigen Moment lang unentdeckt bleiben.

Aber wozu das Ganze? An einen Kampf war nicht mehr im Traum zu denken, ich hatte keine andere Wahl, als einfach so liegen zu bleiben und abzuwarten, bis sie mit einer Trage und Handschellen kamen, oder was immer sie als ausreichend berechnet hatten, um einen Stahlmann wie mich zu fesseln und gleich unschädlich zu machen.

Jetzt waren sie stehen geblieben und schienen auf irgendwelche Befehle zu warten. Ich hörte weit entfernt Motorengeräusche von Geländewagen, in nebliger Ferne glommen Scheinwerfer. Die machten einen großer Auftrieb, ach was sollte es noch. Ich stemmte mich hoch, schaffte es in eine Art sitzende Position mit ausgestrecktem rechten Bein und sah, dass die Schafe mittlerweile alle wach waren und sorgenvoll verfolgten, was sich da rund um sie abspielte.

Plötzlich hatte ich eine gute Idee, es gab doch Klangdateien von Schafen, die hatte ich im Netz gespeichert, als sie mir auf meinen Sonntagsspaziergängen begegnet waren. Den Beruhigungslaut hatte ich heute Nacht ja öfter erfolgreich eingesetzt, aber es gab doch noch den Alarmlaut, die Aufforderung zum sinn- und kopflosen Davonstürmen in alle Himmelsrichtungen. Es war ein verhaltener, für menschliche Ohren harmlos klingender Laut, den ich da ausstieß, doch die Wirkung auf die Schafe war sensationell: Wie angestochen sprangen sie auf und stürmten in alle Richtungen lauthals blökend und meckernd davon, direkt meinen überraschten Verfolgern entgegen.

Plötzlich wurde geballert, was das Zeug hielt, ich sah Schafsböcke wild verwegen die Köpfe senken und zum Angriff übergehen, während Lämmer wehklagend wie kleine Kinder durcheinander wuselten. Dann war es totenstill, die Typen hatten ein Massaker unter den unschuldigen Tieren angerichtet.

In dem Geschrei und Geknalle versuchte ich den Ausbruch, stemmte mich auf meine anderthalb Beine hoch und schaffte es tatsächlich bis hinter eine Steinmauer, das Gesicht vor Schmerz verzerrt, benommen von den Drogen in meinem Blutkreislauf, ein elendes Pochen im Oberschenkel und ein heißes, wütendes Gefühl in der Kehle. Als ich mir über die Lippen leckte, schmeckte ich meine salzigen Tränen, die mein Gesicht hinunterliefen.

Der ganze Lärm und Aufruhr wurde aufgesaugt vom hauchzartem Nebel, ich war wieder allein und doch nicht allein, ich hörte von irgendwo Stimmen und ferne Schritte, das metallische Knacken von Gewehrsicherungen, ich wusste mich umzingelt von unsichtbaren Treibern, einem weiten, nur zu erahnenden Bogen von Verfolgern.

Je länger ich ging, desto kürzer wurden die Abstände, in denen ich Pausen einlegen musste, lange Minuten, die ich schweißnass und keuchend dastand wie eine vergessene Vogelscheuche und mir wünschte, endlich sterben zu können.

Mein linkes Bein, das die ganze Arbeit zu leisten hatte, meinen dreihundert Pfund schweren Körper Schritt um Schritt voran zuwuchten, zitterte vor Entkräftung, jeder Schritt war eine Marter. Aber ich durfte die Kraftverstärkung nicht einschalten, weil der mir den rechten Oberschenkel zu zerreißen drohte.

Sie folgten mir die ganze Zeit. Weit hinter mir blitzte ab und zu eine Lampe auf, war das da hinten der Ruf oder der Fluch die ferne Stimme das Echo meines eigenen pfeifenden Keuchens und Stöhnens? Vielleicht waren diese Lichter auch Irritationen der Netzhaut oder Fehlschaltungen meiner Implantate, aber es kam einfach niemand näher und ich blieb allein.

Es verstrichen qualvolle Stunden, ich ließ mich einfach fallen, aber dann wälzte ich mich doch wieder herum, stemmte mich doch wieder hoch, keuchte, schwitzte, den Mund ausgetrocknet, die Kehle wund, schleppte mich weiter auf Wegen aus flüssigem Feuer.

Hinter mir fühlte ich die schwarzen Schatten der Verfolger, jetzt war es mir vollkommen egal, ob ein Schuss in den Rücken oder in den Hinterkopf meinem sinnlosen Weg ein Ende bereiten würde.

Aber irgendwie war ich verärgert, dass sie so lange den Fangschuss, die finale Kugel hinauszögerten. Ich konnte die Aufschlagstelle fast schon spüren, oder meldete sich etwa in mir ein weiterer künstlicher Sinn, von dem ich bisher nichts gewusst hatte, der imstande war zu fühlen, wann und wo der rot glosende Punkt eines Ziellasers über meinen Körper tastete? Ich würde mich nicht umdrehen, ich war erledigt, aber warum schossen sie nicht endlich?

Ich hatte nicht erwartet, dass sich die höllischen Schmerzen sich noch steigern könnten, ich hielt mich japsend an einem Wegekreuz fest, dieser Jesus hing da oben immer noch am Kreuz und litt auch, nur war er aus Holz und bunt bemalt, während ich aus Fleisch und Stahl bestand und vor Dreck stank.

Meine Verfolger gehörten bestimmt zur Besatzung des Schiffes, von dem Capocynsky bei unserem letzten Gespräch gesprochen hatte. Vermutlich hatte man die Leute nach meinem Verschwinden sofort alarmiert und aufgefordert, mich nun endgültig einzusammeln, damit kein anderer mehr in den Besitz meiner Person gelangen konnte. Ob ich dann den nächsten Tag in deren Obhut überleben würde, war denen zweitrangig geworden.

Vielleicht waren es irgendwelche Chinesen oder Russen, die mich entführen und dann später in irgendeiner Klinik sezieren würden. Oder die könnten mich im Zirkus auftreten lassen, als der stärkste Mann der Welt, der sogar Elefanten mit einer Hand stemmen konnte. Bei diesem Gedanken musste ich fast schon wieder lachen.

Blitzartig erkannte ich, warum meine Verfolger mich umzingelt hatten und mir den Fluchtweg abschnitten, die wollten mich tatsächlich lebendig einkassieren. Sie sind das gelungenste Exemplar Ihrer Art, hatte Capocynsky früher einmal gesagt, die schonten mich, weil sie meinen Körper unversehrt haben wollten, vielleicht als Prachtstück irgendeiner geheimen Sammlung irgendeines mongolischen Despoten.

Vor meinen Augen erstand ein unterirdisches Museum, zu dem nur Angehörige einer handverlesenen Gruppe Eingeweihter Zutritt hatten. Sie würden sinnierend vor meinem beeindruckenden Schaustück stehen, dem ausgestopften und präparierten perfekten Körper Marc Marins, dem Stahlmann Nummer 2, dem gelungensten Exemplar jenes leider gescheiterten Projektes.

Und auf einer großen Schautafel würde später mal draufstehen, wie gut dieser Marc Marin gewesen war und über welch perfekte und grandiose Eigenschaften er verfügt und sogar mit welchen enormen Erektionsfähigkeiten man ihn sogar ausgestattet hatte.

Irgendwo in meinem System war ein Gerät verborgen, das auf den richtigen Codeimpuls hin meine genaue Position verriet, und dieses Gerät wurde gerade zum ersten Mal von meinen Verfolgern benutzt. Nur so hatten sie mich finden können, da draußen auf der Wiese unter den Schafen. Selbst wenn es mir gelänge, jetzt noch dem Kreis meiner Bewacher zu entwischen, bliebe ich doch für sie überall auf diesem Planeten auffindbar.

Das nächste Mal wird mir kein diskreter Halbkreis von Geheimagenten mit Taschenlampen und Gewehren großzügig den Weg weisen, dann werden direkt Hubschrauber kommen und Sondereinsatzkräfte vom Himmel fallen.

Vielleicht trug ich sogar schon unbemerkt einen elektronischen Verräter in meinem Körper, mit dem sie mein Leben einfach ausknipsen können. Kein Einschussloch würde mich entstellen, keine Deformation, die von einem gewaltsamen Tod zeugt, ich bliebe makellos, mein unversehrter Körper wäre eine Kostbarkeit für das Militärmuseum. Wäre das wirklich ein so verrückter Gedanke?

Vielleicht hatten sich vielleicht nur Befehle aus den verschiedenen, einander überlappenden Hierarchien widersprochen, vielleicht waren alle nur kopflos durcheinander gerannt, während man in endlosen nächtlichen Sitzungen in unterirdischen Kommandobunkern versucht hatte, zwischen Paranoia und Leichtsinn den richtigen Weg für meine weitere Existenz zu finden. Vielleicht war die ganze Geschichte tatsächlich einfach eine Hochzeit von Unfähigkeit und Panik.

Hinter einer Steinmauer ging es nicht mehr weiter, notdürftig legte ich mich in die stabile Seitenlage, schaltete die Restsedierung ein und war auf der Stelle eingeschlafen.

Ich erwachte irgendwann und wunderte mich, warum es auf einmal hell war, aber dann wurde mir schlagartig alles klar. Ich lag hinter einer Mauer und ich war immer noch am Leben. Es gelang mir nach endlosen Versuchen, die Hose aufzuknöpfen und den rechten Oberschenkel freizulegen, ich sah einen einzigen Bluterguss, blauschwarz und prall und einfach furchtbar anzusehen. Ich ließ mich zur Seite sinken und meine Gedanken rappelten wie Mühlräder in meinem Kopf herum.

Ich hatte Fieber, stellte ich nach einer Weile fest. Ungefragt blendete sich direkt ein Diagnoseschirm in mein Gesichtsfeld und bot mir eine Auswahl an empfehlenswerten Behandlungsmethoden an, die mir zur Verfügung standen, zusammen mit der Ankündigung, dass in sechzig Sekunden eine Dosis Breitband-Antibiotikum und ein starkes Schmerzmittel wirksam werden würde. Ich ließ das System einfach machen, wozu man es eingebaut hatte, warum auch nicht, ich hätte sowieso nichts anderes getan.

Ich stierte vor mich hin und die Zeit verstrich. Ich betrachtete meine Hände, ballte sie zu Fäusten und fühlte langsam die wohltuende Anspannung der Muskeln. Ich streifte das dreckige und verschwitzte Hemd zurück, das schwer nach Schafsscheiße stank, und sah dem Spiel meiner Muskulatur zu. Ich bot trotzdem immer noch einen guten Anblick.

Wo blieben nur meine Verfolger, am liebsten wollte ich mit fliegenden Fahnen untergehen und ihnen ein letztes Gefecht liefern, von dem noch die übernächste Generation von Geheimagenten mit ehrfürchtigem Schaudern erzählen würde. Ich würde gleich so viele wie möglich von ihnen mitnehmen, lieber im Kampf sterben, nur nicht warten wie ein Stück Vieh vor der Tür zum Schlachthof, um endgültig abgeschlachtet zu werden.

Wenn ich nur meine Kraftverstärkung noch ein einziges Mal einschalten könnte! Das Alpha-Adrenalin aufbrauchen bis zum letzten Tropfen, noch einmal voll aufdrehen, noch einmal unbesiegbar sein, bis ich der Übermacht erliegen würde, ein heldenhafter Tod.

Seit tausenden von Jahren verehren wir die Sieger und verachten die Verlierer. Mut war in unserem Verständnis nur die Fähigkeit, die Angst zu überwinden, die uns davon abhält, einen Sieg zu erringen. Mut ohne Sieg aber war nichts, ist lächerlich. Darum verstehen wir auch nicht, dass der Mut erst im Angesicht des Todes zu seiner Blüte gelangen kann. Sogar die Feigsten sind in Worten kühn. Wo du stehst, wird erst in deiner letzten Stunde offenbar. Erst der Tod wird über dich das endgültige Urteil sprechen.

Wie betrachten wir eigentlich den Tod? Überhaupt nicht. Wir tun, als gäbe es ihn überhaupt nicht, wir verstecken die Sterbenden in Krankenhäusern, schminken die Toten, dass sie aussehen, als schliefen sie, und wenn wir doch einmal gezwungen sind, die Realität des Todes zur Kenntnis zu nehmen, kostümieren wir ihn mit gewaltigen Massen von Pathos und Gefühlsduseligkeit.

Die Herausforderung des heutigen Lebens scheint nicht wichtig zu sein, dem Tod, wenn er denn kommt, mutig entgegenzutreten, sondern vielmehr, ihm so lange wie möglich davonzulaufen, ihm zu entkommen, im Idealfall für immer. Unausgesprochen gehen wir davon aus, dass der Tod ein Betriebsunfall ist, eine lästige Erscheinung, die es nach Möglichkeit zu beseitigen gilt. Denke an den Tod, denk an die Freiheit, denn wer sterben gelernt hat, der hört auf, ein Knecht zu sein.

Wesentlich in einem Menschenleben ist es nicht, alle möglichen Siege zu erringen oder großartige Dinge zu vollbringen, man muss sich innerlich über die Drohungen und Versprechungen des Schicksals erheben, und weise zu verstehen, dass es nichts gibt, was würdig wäre, unsere Hoffnungen daran zu hängen. Wesentlich ist es, widrige Geschicke frohgemut ertragen zu lernen.

Ich könnte mich jetzt in Verzweiflung fallen lassen und mein Los bejammern, aber es würde nicht das Geringste ändern, außer, dass ich mich noch viel schlechter fühlen würde. Das macht wirklich frei. Nicht das, was mir geschieht, ist wesentlich, sondern wie ich mich dazu stelle.

Was jetzt mit mir geschieht, kann ich nicht mehr ändern, aber was ich darüber denke, sehr wohl. Das macht wahrhaft frei. Darum geht es, nicht das, was mir geschieht, ist wesentlich, sondern wie ich mich dazu stelle. „Ich hoffe nichts, ich fürchte nichts, ich bin frei." Schrieb Nikos Kazanzakis, der kretische Dichter.

Dies war also mein Leben gewesen, ich hatte etwas besonderes gesucht, und ich hatte es nicht gefunden und jetzt ist sowieso alles zu spät. Das Festhalten an der Illusion, dass ich jemals ein normales Leben hätte führen könnte. Keine Gefühle von Liebe, die größer war als alle Angst. Mag mein Leben auch fehlgegangen sein, ich hatte doch einen Punkt erreicht, an dem es noch einmal wertvoll gewesen war.

Ach, meine Mama, da bist du ja endlich. Wie schön, dass du mich tröstest und abholen kommst. Ich habe dich so sehr vermisst. Aber warum holst du mich denn heute von der Schule ab? Wohnst du wieder bei uns zu Hause? Ich habe so auf dich gewartet, und nun bist du endlich nach Hause gekommen.

Ach, Mama, die sollen mich nicht kriegen, ich habe ja den Knopf fürs Jenseits, das Mittel wirkt schnell. Ade.

Goodbye Johnny, goodbye Johnny, war ne tolle Zeit."

„In Montana, in den Bergen, steht ein Haus am Bergeshain,....Oh my darling, oh my darling, oh, my darling Caroline, wollte immer bei dir bleiben, muss jetzt immer ferne sein.."

Gott, wer plärrt mir denn solch schreckliche Musik in die Ohren. Soll mich das etwa beruhigen?Ich fühle, wie sich irgendwie jemand an mir zu schaffen macht. Ein nasser Waschlappen klatscht mir ins Gesicht, und beginnt, mich systematisch abzureiben. Warum kann ich mich bloß nicht bewegen?

Ich will protestieren, schreien, mich wehren, aber da ist wieder und wieder der Waschlappen. Ich kann mich nicht bewegen, und mit letzter Kraft versuche ich, hineinzubeißen. Ich schnappe daneben, ich kann den Mund kaum bewegen. Da ist irgendwelcher Stoff zwischen meinen Beinen, es kitzelt. Jemand lacht, als er meine gigantische Erektion bemerkt. „Der lebt ja immer noch, man siehts, so einer ist gar nicht unterzukriegen ."

Eine Tür fällt zu, ich bin wieder allein. Wo bin ich nur? Warum kann ich mich bloß an gar nichts mehr erinnern?"

Ach, einfach nur schlafen, schlafen, schlafen…….

Im Kölner Stadt-Anzeiger stand am nächsten Tag:
Eine gewaltige Explosion erschütterte gestern Nacht die Voreifel.
Angeblich ist bei einem militärischen Versuch Nörvenich eine Militär-Maschine abgestürzt.
Die Besatzung der Maschine konnte sich nicht mehr retten und wurde von den Flammen getötet und sogar die Maschine wurde vollkommen verbrannt. Die genaue Ursache des Absturzes ist unbekannt, die Militäranlage wurde weiträumig von der Militärregierung für Zivilisten abgesperrt.
Weitere Informationen konnten von der Militärregierung nicht erfahren werden.

Das Stahlmann-Projekt

Teil 2

Guten Tag, ich heiße Marc Marin, ich bin inzwischen 22 Jahre alt, geboren am 10.01.2019 in Düren.

Früher war ich einmal Soldat mit zahlreichen sportlichen Auszeichnungen, dann Teilnehmer eines gigantischen militärischen Geheimprojektes „Stahlmann", dass aus mir einen optimierten Krieger mit übermenschlichen Kräften und zahlreichen Features formte.

Viel ist heute nicht mehr mit mir los, seit mich die geheime Ami-Truppe in der Eifel zusammengeschossen und anschließend auf die USS Rushmore brachte, die gerade auf einer geheimen Mission von Cadiz in Spanien aus zu einer geheimen Nordatlantikmission unterwegs war. Alles verlief angeblich nach Plan. Sie hatten mich schon lange auf ihrem Schirm, und nur bei ihnen war ich angeblich in Sicherheit.

Capocynsy hatte Wort gehalten. Nun war ich bei den amerikanischen Elitesoldaten gelandet, lauter nette junge Kerle, die mich geduldig wieder hochpäppelten, mit mir trainierten und mich einigermaßen wieder fit hinbekamen. Ich bekam sogar wieder meine gewohnte Kraftnahrung.

Nur, wenn ich den Kapitän fragte, was sie eigentlich mit mir vorhatten, kam das große Schweigen. Ja, er versicherte mir mit einem treuherzigen Augenaufschlag, man suche bereits in der Zentrale nach einer humanverträglichen Lösung für mich. Keine Sorge, ich hätte nur die Aufgabe, wieder richtig fit zu werden, und dazu hatte die ganze Mannschaft die Order, meine Körperkräfte wieder zu trainieren. Alles andere würde sich später von ganz allein ergeben.

Humanverträglich, haha, wer glaubt denn sowas. Nein, seit meinem letzten Zusammenbruch glaube ich niemandem mehr. Hier an Bord wissen sie alles von meinen geheimnisvollen Körperkräften, und darum können sie bestimmt gar nichts richtiges mit mir anzufangen. Soll ich jetzt etwa froh sein, unter diesen Umständen noch zu leben?

Mein Gedächtnis hat irgendwie eine Blockade. Warum erinnere ich mich nur so schlecht an meine Gefangennahme und die ganzen Ereignisse hinterher? Sogar an meine Kindheit konnte ich mich kaum erinnern.

Ach ja, bei der nächsten Sitzung beim Doc werde ich monieren, dass ich zu viele Pillen bekomme, die mir auch noch die letzten Reste meines Gedächtnisses auslöschen. Oder ist das vielleicht von den Ärzten so gewollt? Vielleicht sollte ich bei den Typen etwas vorsichtiger mit meinen zukünftigen Äußerungen sein?

Es klopft, die Tür knallt auf. „Na, Kumpel, komm raus zum Training, ein paar Läufe bringen dich schon wieder in Trab. Hast du schon das neueste gehört? Wir laufen heute Nacht in den Hafen von Santiago in Chile an, und wenn du dich weiterhin so gut benimmst, kannst du auch ein Stündchen zum Landgang mit raus, sagt der Kapitän.

Guck nicht so traurig, das hier ist kein Mädchenpensionat, hier leben nur Kerle wie wir, und wir sind doch ein Klasseteam, oder hast du etwa was dran auszusetzen?“

Irgendwie wirkt die Aussicht auf den Landgang berauschend auf die ganze Mannschaft, überall wird aufgeräumt und eifrig geputzt, dass es nur so blinkt. Müde grinsend folge ich ihren Aktivitäten, aber in meinem Kopf kreist nur das eine Wort: „Santiago de Chile“, Für mich ist das irgendwo in Südamerika auf der Landkarte, mehr vernünftiges fällt mir dazu nicht ein.

„Raus“, was heißt das schon für einen wie mich? Nichts ess- und trinkbares, keine Weiber. Was kann man da schon aufregendes anfangen ohne das tägliche, fade Kraftfutter? Oder gibt es etwas wirklich neues für mich? Aber was kann das schon aufregendes sein?

„He. Marc, bitte komm gleich mal auf die Brücke, wir haben da gerade einen geheimen Sonderauftrag bekommen, und da dachte ich direkt an dich. Da kannst du deine neuen Kräfte mal so richtig ausleben," ruft grinsend der Kapitän von der Brücke.

„Klingt gut, um was handelt es sich genau?"

„Drüben in der Eisenerz-Mine ist ein riesiger Hydraulik-Bagger umgekippt, die brauchen jemanden, der ihn wieder auf die Füße stellt, denn die Kräfte der Arbeiter sind begrenzt. Das ist doch eine tolle Chance für Dich, endlich mal wieder deine Power einzusetzen.Mining – das ist harte Arbeit, bei dem Job braucht man Kraft, da muss man richtig zupacken können. Das könnte doch was für dich sein."

„Wie bitte, ich verstehe nicht richtig, ich soll in einer Mine arbeiten? Davon habe ich doch gar keine Ahnung, wie kommt ihr denn auf diese Schnapsidee?"

„Wir haben diese Anfrage von der chilenischen Regierung bekommen, und an sich habe ich schon alles abgemacht. Du gehst in Santiago von Bord und wirst dort vom Minenbetrieb abgeholt. Die haben einen Riesen-Bedarf an Arbeitskräften wie dich.

Chuquicamata liegt ca. 15 km von der Stadt Calama entfernt. Diese Lagerstätte ist eine porphyrische Kupferlagerstätte, außerdem finden die dort Salpeter und viele seltene Erden, Diamanten, Opale und was weiß ich nicht was. Guck es dir mal an, Junge, es wird dir ganz bestimmt gefallen. Außerdem kannst du ja nicht immer mit uns auf der Fregatte rumschippern, langsam musst du dich mal nützlich machen. Hier bei uns ist es dir doch sicher auch langweilig, das kannst du ruhig zugeben.

Hier ist der Vertrag mit der Minengesellschaft. Du kriegst einen Spitzenlohn, freie Unterkunft und deine Kraftnahrung für fünf Jahre, Nachschub ist garantiert. Und übrigens, der Chef da ist eine Frau, mit der kommst du bestimmt prima zurecht. Überleg es dir mal. Junge, du bist mir inzwischen zwar ziemlich ans Herz gewachsen, aber das ist eine echte Chance für dich. Komm, schlag ein."

Was kann ich da noch lang überlegen, der Kapitän hat ja recht, irgendwann muss ja etwas mit mir passieren, es geht schließlich um meine Zukunft. Also heißt es, meine wenigen Klamotten in einen Seesack zu stopfen, und bei den wenigen Leuten auf dem Schiff Abschied zu nehmen. Wenn ich es zugeben will, so viel liegt mir gar nicht viel an deren tollen Männerfreundschaft und einen echten, vertrauensvollen Freund habe ich bis jetzt nicht gefunden.

Schon in der nächsten Nacht legt die Fregatte tatsächlich im Kriegshafen von Santiano de Chile an, aber viel mehr als blinkende Lichter rings um das Hafenbecken bekomme ich nicht zu Gesicht, als ich als einziger Passagier über die ausgelegte Planke stolpere. Die restliche Mannschaft wird erst morgen ans Land gehen.

Ich staune nicht schlecht, als dort tatsächlich ein riesiges von Staub hellgrau überpuderten Monsterauto steht, ein echter Hummer mit riesig breiten Reifen und der scheint auf mich zu warten.

Jemand steigt aus und kommt auf mich zu, und es ist tatsächlich eine Frau. „Hi, I am Rachel Montorski. Are you the new minor with enormous energy? Welcome, we need good workers and the Capitain send me much positive informations about you. Is this all your packagage? Please take all into the heck inside. But first, we would like to have a brekfeast in Chuquicamata, o.k.?"

Der Wagen rast durch die Nacht und ich fühle mich wie in einem unwirklichen SC-Film, als wir endlich in einem kleinen Ort ankommen, der mitten in einem Minengebiet liegt. Im Ort selber prägen skurrile Minenfahrzeuge und diverse Steinhalden das Bild. Da liegt sogar vor einem Laden ein abgestürztes Raumschiff, ob das wohl echt ist? „Wann ist das hier abgestürzt?" frage ich erschrocken, und Rachel hat mich sofort verstanden und lacht mich freundlich an. „It was long, long before our arrival."

Wir kommen jetzt an grell erleuchteten Maschinen mit abenteuerlichen Ausmaßen vorbei. Einige Menschen werkeln trotz der Nacht vor sich hin, jeder hat angeblich sein Equipment selber zusammengebaut oder irgendwo organisiert. So wird aus einem alten Lastwagen ein sogenannter Blower, ein riesiger Staubsauger, der losen Sandstein aus dem Untergrund nach oben saugen kann.

Oder aus zwei starken Elektromotoren einem Raupenantrieb, einem alten Getriebe und ein paar Hydraulikzylindern mit Pumpe, wird eine Fräse zusammengebaut, die sich durch den relativ weichen Sandstein arbeiten kann. So entstanden große, befahrbare Tunnelsysteme, die die gesamte Gegend unterhöhlte. Das war insofern praktisch, dass man auch bei schlechtem Wetter weiterarbeiten konnte.

Wir fuhren weiter und bleiben kurz vor einer riesigen Höhle stehen, die wie ein Weg in die Unterwelt führte. Rachel hielt voll drauf zu und wir fuhren eine kleine Strecke, bevor sie plötzlich anhielt.

Ich war ziemlich irritiert, und wollte lieber aussteigen, als in so einem Tunnel zu enden. Aber Rachel erklärte mir souverän, dass dies meine neue Behausung wäre, die ich mir doch erst mal ansehen soll, bevor ich sie ablehnen würde.

Sie erklärte mir, dass die meisten einfachen Claim-Arbeiter bequem in diesen Zelten leben würden, die hier in Höhlen-Nischen aufgestellt worden sind, die sich in den Sandstein gefräst etwa 20 Meter unter dem Boden befinden. Auch heute noch leben ca. 80% der Bevölkerung in solchen Wohnungen, die in den Sandstein gefräst wurden, sogenannten Dugouts.“

Der rötliche Sandstein ist komplett trocken, garantiert eine konstante, angenehme Temperatur und macht einen sehr wohnlichen Eindruck. Von der Bunkeratmosphäre ist in den Wohnungen erst mal nichts zu spüren. Bei der Besichtigung einer solchen Wohnung stelle ich fest, dass sie gar nicht so ungemütlich ist.

In so einer Wohnhöhle werde ich einquartiert, dies wird erst mal mein Zuhause sein. Ich soll es mir ruhig gemütlich machen und erst mal ausschlafen, Rachel wird mich morgen früh um 10 Uhr abholen. Und morgen kann man ja über alles andere sprechen.

Etwas ratlos stehe ich nun in der Höhlenwohnung, und ich fühle mich jetzt schon wie ein Karnickel in einem Bau. Dieses Gefühl ist mir unheimlich und ich fühle mich sehr unwohl. Zwar ist der Kühlschrank voll und ein Kasten Bier steht davor. Dumm ist aber nur, dass ich gar nichts davon benutzen kann.

Verbittert packe ich meinen Riesen-Karton Kraftnahrung in die Küchenecke, da sind Gläser, ein Löffel, Wasser. Dieses Zeug kommt mir langsam zum Hals raus. Mir bleibt mal wieder nichts anders übrig, als den Papp angewidert herunterzuwürgen.

Es dauert nur einen Moment, und ich bekomme langsam eine Klaustrophobie. Gefangen in so einer Höhle, nein, hier drinnen werde ich mich auf gar keinen Fall länger aufhalten, mir bleibt schon jetzt fast die Luft weg. Nein, so etwas muss sogar Rachel verstehen.

Ich zwinge mich, ruhig zu bleiben. Frustriert schalte ich den riesigen Fernsehapparat an und werfe mich krachend auf das quietschende Bett. Natürlich läuft ein Porno-Film, aber auf die stundenlange Rammelei anderer habe ich nun wirklich keinen Bock, die macht mich gar nicht an. Außerdem ist es immer nur dasselbe, rein, raus und etwas neues passiert sowieso nie.

Beim Weiterschalten habe ich die Auswahl zwischen dem CNN-Nachrichtensender mit Dauerschleifen irgendwelcher Ereignisse auf Spanisch. Ich wechsele das Programm, und jetzt sehe ich nur noch andauernd abstürzende Hubschrauber, in Flammen aufgehende Panzer, vollkommen nervend, das ist doch nur etwas für Grenzdebile.

Da bleibt mir nur der Comic-Canal mit Donald Duck und seinen Gesellen, da hat man wenigstens etwas zu lachen. Nein, hier drin kann ich es nicht lange aushalten, ich muss hier sofort raus.

Am Ausgang der Wohnhöhlen steht ein gelangweilter Wachmann, der mich problemlos nach oben durchlässt.

Draußen ist es gigantisch, direkt über den ganzen Himmel des Geländes erstreckt sich ein Himmel voller Sterne, die Milchstraße ist ganz deutlich zu sehen. So etwas tolles hatte ich noch nie gesehen und ich starrte staunend wie ein kleines Kind in den Himmel und ich konnte mich nicht daran sattsehen. Hier draußen würde ich ganz bestimmt besser schlafen als in der engen Höhle. Und so verbrachte ich die erste Nacht in dieser apokalyptischen Gegend im Freien.

Ich schlief tief und fest und wurde erst wach, als die frühe Morgensonne mein Gesicht blendete. Der heiße Wüstenwind hatte die Herrschaft über die Umgebung mit einer gigantischen roten Staubwolke übernommen.

Ich brauchte in der Frühe nicht lange zu warten, als Rachel mit ihrem Geländefahrzeug um die Ecke gebraust kam.

Sie ist ziemlich erstaunt, mich schon draußen herumlaufen zu sehen, aber sie lässt sich nichts anmerken und drückt mir einen großen Overall in die Hand, dann fragt sie nur „Frühstück", und will mit mir Brötchen und Kaffee aus einer mitgebrachten Thermoskanne anbieten, aber ich winke ab, und sage ihr, ich hätte schon gegessen. Sie braucht vorerst noch nichts von meinem Ernährungsproblem zu wissen.

Ich kann nur stumm zu ihrem Redeschwall nicken, aber das scheint sie wohl gewohnt zu sein. Dafür redet sie die ganze Zeit. Viel verstehe ich anfangs nicht davon, nur dass sie seit über zehn Jahren in der Mining-Industrie arbeitet und dass sie dabei immer noch froh, glücklich und zufrieden ist. Seltsam, ich habe schnell das Gefühl, sie schon viele Jahre zu kennen.

Nein, als Überfliegerin möchte Rachel Montorski nur ungern bezeichnet werden. Dabei wäre das nicht übertrieben. Denn seit die Chilenin mit 17 Jahren in einer Mine im Nordwesten der Atacama-Wüste ihre Mining-Karriere begonnen hat, hat sie viel erreicht. Für ihre Leistungen im Bergbausektor hat sie die chilenische Kammer für Mineralien und Energie (CME) mit dem „Women in Resources Awards 2013" ausgezeichnet.

Auf meine erstaunte Rückfrage findet Rachel es gar nicht so ungewöhnlich, als Frau in der Bergbauwelt zu arbeiten. „Als ich vor 13 Jahren in der Mine angefangen habe, war es noch eine Männerdomäne", erklärt sie. Doch seitdem habe sich viel verändert und sie habe viele weibliche Kolleginnen. „Ich denke, dass es sehr wichtig ist, die Errungenschaften von Frauen in diesem Sektor hervorzuheben. Dies ist eine wunderbare Möglichkeit, um Frauen für unsere Branche zu gewinnen", war ihr lapidarer Kommentar.

Auch Rachels jüngere Schwester ist ebenfalls im Bergbau tätig. Genauso wie ihr Vater und ihre beiden Brüder. Mining liegt bei den Camerons in der Familie. Rachel arbeitet derzeit in der Christmas Creek Mine von Atacama Mining. Dieses gigantische Bergwerk, das zur Fortescue Metals Group gehört, produzierte im ersten Jahr nach Aufnahme des Betriebs bereits 28 Millionen Tonnen Eisenerz. Und Rachel fährt dort einen der größten Hydraulikbagger in der Mine – einen Liebherr R 9800.

Diese 800-Tonnen-Kolosse können mit einer einzigen Schaufelbewegung 75 Tonnen heben. Mit an Bord sind zwei Zwölfzylinder-MTU-Motoren der Baureihe 4000. Diese haben eine Leistung von je 1.425 Kilowatt bei 1.800 Umdrehungen pro Minute und helfen dem Bagger, in nur drei Zyklen einen 227-Tonnen-Muldenkipper zu beladen.

Für Rachel ist dieser Bagger einer der Hauptgründe, warum ihr die Arbeit in der Mine so viel Spaß macht. „Viele Fahrer der Muldenkipper hier in der Mine lassen sich bei der Schichteinteilung gerne für meinen Bagger einteilen", erzählt sie lachend. „Einfach, weil ich entspannt bin und nie gereizt, und ich finde immer den richtigen Ton, egal, was passiert. Doch das liege nicht nur am

Fahrzeug. In ihrer Freizeit liegt die Minerin gerne auf der Yogamatte. „Das hilft mir, ruhig und gelassen zu bleiben", erklärt sie.

„Wir werden bestimmt als gute Kumpel zusammenarbeiten." Stottere ich überwältigt und kann sie nur erstaunt und irgendwie bewundernd anstarren. Sie hat grüngoldgesprenkelte Augen, Sommersprossen und einen großen roten Haarbusch, den sie mit einem schwarzen Band gebändigt hat.

„Heute Morgen gibt es viel Arbeit, der große Schaufelradbagger braucht einen neuen Schuh, vier Leute arbeiten schon dran und haben gerade ein Gerüst aufgebaut. Da brauchen wir noch einen besonders starken Mann, der mit anheben kann, das traust du dir doch zu, oder?"

„Na klar, kein Problem, fahren wir also," antworte ich souverän. Ob sie über mich und meine Kräfte informiert war?

Als wir dort ankamen, mühten sich schon vier Arbeiter vergeblich, den riesigen Stahlschuh auf das Gerüst hochzubringen, um es anschließend dem Maschinenfuß überzustülpen, aber es brach immer wieder unter ihnen zusammen und sie versuchten es gerade noch einmal.

„Na, dann wollen wir mal," lache ich, drücke auf den Kraftverstärker auf meiner rechten Schulter, der locker einrastete, packe den Baggerarm und hebe ihn locker einen Meter hoch.

„Los, kommt her, ihr müsst zuerst die Schrauben entfernen. Es darf nicht allzu lange dauern, denn meine Kraft ist auch nicht unendlich. Dann ruhe ich mich kurz aus, und dann hebe ich den Bagger wieder an und wir setzen wir den Ersatzschuh dran, ihr braucht anschließend nur die Bolzen festzudrehen. So ein Gerüst ist viel zu schwach, das könnt ihr einfach vergessen."

Rachel und die Arbeiter starren mich fassungslos an. „Wie kannst du so viel Kraft entwickeln? So etwas wie dich habe ich noch nie gesehen."

„Ja, lass mal deine Muskeln sehen, du Supermann. Da ist doch sicher ein Trick dahinter. Komm, zeig uns mal deinen Körper, Kumpel. Machst du etwa Doping? Was nimmst du, Mann, sowas könnte ich auch gut gebrauchen."

„Betriebsgeheimnis", sage ich und lache nur dazu. Ich will mich nicht schon am ersten Tag von den Arbeitern zum Kumpel machen lassen, ich sollte lieber anfangs etwas Abstand zu der Mannschaft halten, bis ich ihnen besser vertrauen konnte. Aber sie scheinen ganz nett zu sein.

Und ich denke voller Grauen an das graue Pappzeug aus dem Karton, dass ich in zwei Stunden wieder zu mir nehmen müsste, sonst ist es bald aus mit meinen Riesenkräften. Wenn ich bloß einmal etwas anderes bekäme, damals hatte ich doch eine Bananen gegessen, die hatte ich doch gut vertragen. Und dazu müsste ich mir viel Traubenzucker und Honig besorgen, einen Versuch ist das wert und ich freute mich schon auf die positive Veränderung meines Nahrungsplanes.

„Für die ganze Arbeit hatte ich drei Tage veranschlagt, und jetzt sind wir schon bis Mittag fertig. Toll. Dafür habt ihr heute Nachmittag und morgen frei. Marc, dann kannst du ja dir mal etwas die Gegend etwas genauer ansehen. Im Städtchen ist zwar nicht viel los, aber eine Bar mit Bordell haben die auch, für alle ist etwas dabei," grinst Rachel. „Du hast sicher inzwischen Bedarf, oder?"

Alle lachen brüllend los und wollen mir kameradschaftlich auf die Schulter klopfen, aber ich grinse nur müde, zum Glück brauche ich ihnen nicht meine enormen Kräfte in dieser Richtung zu beweisen. „Ja, du bist ein Klasse Kumpel, wir laden dich auch heute Abend zu einem Drink ein, zum Kennenlernen und Beschnuppern sozusagen" beteuert einer der Arbeiter.

„Ja, dann bis heute Abend dann," sage ich cool, drehe mich um und schleiche in meine Wohnhöhle, dusche ausgiebig, dann schlafe ich ein Stündchen, bis mein hungriger Körper unerbittlich sein Recht verlangt. Angewidert rühre ich mir die übliche graue Pampe in einen Teller und schlinge ihn in mich hinein, aber satt fühle ich mich nicht unbedingt. Na ja, man muss sich einfach ablenken und an etwas anderes denken.

Dann ziehe ich ein frisches T-Shirt an, es steht zwar US-Army drauf, und es ist total spack über meinen Schultern, aber in der Stadt werden sie bestimmt irgendwelche andere verkaufen, die meiner Körpergröße angemessen sind.

In der glühenden Mittagshitze mache ich mich auf den Weg, schalte meinen lockeren Dauerlauf ein und erreiche nach 20 Minuten die Stadt. Es ist Siesta, alles pennt und hier ist überhaupt nichts los, alle Läden sind geschlossen, die Bar verrammelt, nur ein staubiger Köter streunt auf der Straße und schnüffelt hungrig in den Mülleimern herum.

Ein Burgerbrater am Stadtrand ist geöffnet, alles riecht ziemlich lecker nach gegrilltem Fleisch und ich bekomme Appetit. Ich weiß eigentlich ganz genau, dass ich das Zeug nicht vertrage. Ob ich es trotzdem mal probieren sollte? Ein Versuch wäre es ja wert.

Als ob ich es nicht vorher gewusst hätte, da stehe ich nun mit meiner fettig tropfenden Papptüte, und ich bedauere es jetzt schon, überhaupt so ein Zeug gekauft zu haben. Zum Glück steht da eine Bank in der struppigen Grünanlage, auf die ich mich niederlassen kann.

Gierig beiße ich rein, die Soße ist furchtbar scharf, das Brötchen pappig, und das Fleisch bröckelt auf meiner Zunge. Mein Magen revoltiert sofort, und ich muss es sofort wieder ausspucken. Nein, so etwas ist für mich immer noch vollkommen ungenießbar, was soll ich nun mit den Resten anfangen?

Zum Glück kommt gerade ein räudiger Hund um die Ecke geschlichen, schnüffelt eifrig und wirft sich direkt auf das ausgespuckte Essen, na, da kommt wenigstens einer auf seine Kosten. Als ich ihm angewidert auch noch die Tüte hinwerfe, stürzt er sich gierig drauf, um auch die Reste sofort zu verschlingen und abzulecken. Mann, der muss aber ziemlich hungrig gewesen sein.

Gelangweilt lege ich mich auf den struppigen Rasen unter einer halb verdorrten Palme und will ein Ründchen schlafen, denn irgendwie fühle ich mich plötzlich von der Hitze ermüdet. Die anderen Geschäfte werden erst am Abend öffnen, und irgendwas muss ich bis dahin anfangen.

Ich liege nicht lange und wäre beinahe eingeschlafen, als mir eine feuchte Zunge mitten durchs Gesicht schlappt. Der räudige Hund von vorhin steht neben mir und will mir irgendwie seine Dankbarkeit beweisen. Wenn der nur nicht so schmutzig wäre, würde ich ihn ja glatt streicheln, aber dann werde ich den Köter bestimmt nicht mehr los.

Plötzlich beginnt der Hund, abwehrend zu knurren und richtet sich sichernd auf. Wie aus dem Boden gewachsen, steht plötzlich ein dürres, schmutziges Männchen vor ihnen. „Hallo Kumpel, kann ich dich mal was fragen? Was machst du hier? Ich bin neu hier in der Stadt und ich brauche ein paar Auskünfte, wo man hier eventuell wohnen und arbeiten könnte. Außerdem habe ich einen Riesen-Kohldampf.

Warum hast du bloß dem Köter eben den Hamburger gegeben, den hätte ich genauso gern gegessen. Vielleicht kannst du mir was pumpen, denn ich habe schon seit zwei Tagen nichts vernünftiges mehr gegessen."

Ich gucke erstaunt hoch, vor mir steht ein älterer dürrer Eingeborener mit struppigen Haaren, er trägt nur eine verbeulte, schmutzige Hose. Er sieht wirklich erbärmlich aus und seine Rippen stechen richtig hervor, und aus seinem Gesicht brennen riesengroße, fast fanatische schwarze Augen.

„Oh Mann, wo kommst du denn auf einmal her? Stör mich nicht, du bist lästig, hau endlich ab, ich will nicht mit dir reden."

Er zuckt erschrocken zurück und seine Augen flackern, der Typ scheint wirklich in Not zu sein.

„Also, was brauchst du denn für so einen Hamburger und eine Cola? Hier hast du einen Fünfer, aber dann lass mich bitte in Ruhe."

„Danke, Kumpel," Er reißt mir förmlich den Schein aus der Hand und trabt zum Hamburger-Laden, nach kurzer Zeit steht er wieder mit einer fettigen Hamburger-Tüte vor mir und sieht sich suchend um. Dummerweise ist nur diese eine Bank unter der Palme zum Sitzen da, und schon sitzt er neben mir und schiebt sich das fettige Essen gierig in sich rein. „Schmeckt toll, willst du nicht auch einen essen? Ich hole ihn dir sogar."

„Nein, danke, ich bin schon satt."

„Und was machst du hier den ganzen Tag?" fragt er und guckt mich treuherzig an.

Warum hab ich mich bloß darauf eingelassen? Ich knurre ihn nur an, um ihn irgendwie los zu werden: „Meinst du, ich wäre dein Allein-Unterhalter? Komm, zisch ab und lass mich zufrieden."

„Entschuldigung, zum Glück bin ich jetzt erst mal satt, vielen Dank. Aber jetzt brauche ich nur noch einen neuen Job. Da hinten sind die Minen, hast du vielleicht eine Ahnung, ob die da hinten einen Job frei haben? Außerdem bin ich ortskundig, und eigentlich kenne mich in der Gegend da hinten ziemlich gut aus."

„Dann geh doch hin und frag einfach. Der Boss ist eine Frau, Rachel heißt sie, vielleicht hast du ja Glück. Es ist aber schwere Minenarbeit, wenn du das bei deiner Kondition kannst ...". Oh Mann, den werde ich einfach nicht mehr los. Was kann ich da bloß machen, dass der sich endlich verzieht?

„Wenn es dir nichts ausmacht, kann ich ja gleich mit dir mitgehen. Du arbeitest doch sicher auch da, und du könntest ja vielleicht ein gutes Wort für mich einlegen. Ich brauche nämlich ziemlich dringend einen neuen Job."

„Zieh ab und lass mich endlich zufrieden." jetzt werde ich langsam ernsthaft sauer.

„Ist ja gut," mault er und setzt sich ein paar Meter weiter ins Gras, direkt neben den räudigen Hund, der auch schon wieder die ganze Zeit sehnsuchtsvoll zu mir herüberguckt, und der darüber sogar sein nerviges Flohbeißen vergisst.

Ich beschließe, die beiden Störgeister einfach zu ignorieren, ich mache mich demonstrativ wieder lang und will gerade die Augen schließen, um wenigstens noch kurz die Abendsonne zu genießen und etwas weiter zu pennen. Nur die ersehnte Ruhe finde ich nicht mehr, denn diese beiden Plagegeister werde ich nicht mehr los.

Mit einem Plumps schlägt plötzlich direkt neben mir ein Rucksack ein. Ich hätte es besser wissen müssen, dass ich den Typ nicht mehr loswerden kann, wenn ich ihm schon mal einen ausgegeben habe. Das gleiche gilt für den struppigen Hund, der jetzt auch noch gähnend aufsteht und sich zu mir in den Schatten gesellt. Er blinzelt mich aus seinen entzündeten Augen an, als ob er gleich etwas großartiges von mir erwartet.

„Vielleicht könnte ich mich ja revanchieren und dir auch ein paar interessante Tipps geben, wenn du neu hier in der Gegend bist. Ich kann dir eine Menge nützlicher Dinge erzählen."

„So? Wie kommst du denn darauf? Ich fühl mich ganz wohl hier. Ich brauche keinen Animateur. Komm, Junge, zisch endlich ab, du gehst mir auf die Nerven."

„Sag das nicht. Ich weiß eine ganze Menge, ich könnte dich zu den Yanomami-Indianern mitnehmen, denn ich bin gerade auf dem Heimweg zu meinem Stamm. Ich bin dort der Häuptling in Barcelos am Rio Negro."

„Junge, du bist ein Häuptling? Das glaube ich dir nicht, außerdem, was soll ich im Urwald? Da sind doch nur Schlangen und Moskitos. Junge, verzieh dich endlich, ich will meine Ruhe haben, auch vor dir. Ich bin nicht scharf auf irgendwelche Abenteuer im Urwald."

„Junge, hast du eine Ahnung, da verpasst du aber was. Hast du noch nie von Akakor gehört, der geheimnisvollen Stadt im Dschungel? Nach dem Tode meiner Eltern bin ich dort Häuptling geworden. Verantwortungsbewusst habe ich habe mein Volk in dieser geheimen unterirdischen Stadt untergebracht, weil „der Weiße" bisher alle Indianervölker umgebracht hatte. Aber davon hast du keinen blassen Schimmer.

Weißt du, ich spreche auch deshalb so gut Deutsch, weil bei meinem Volk in der unterirdischen Stadt auch heute noch zweitausend Soldaten von Herrn Adolf Hitler leben. Die sind im letzten Weltkrieg mit einem U-Boot den Amazonas heraufgekommen, um Brasilien von hinten anzugreifen, wenn Herr Hitler vom Atlantik her angreifen würde. Mein Vater hat sie damals aufgenommen und versteckt, und dafür waren sie ihm sehr dankbar gewesen."

„Du spinnst doch, mein Lieber," konnte ich nur noch antworten, aber er blieb unbeirrt sitzen und erzählte immer weiter, und langsam merkte ich doch auf das, was er nur so alles heraussprudelt. Kann seine Story wirklich wahr sein?

Direkt vor mir stoppt plötzlich ein riesige SUV, es ist genau der, der mich schon gestern abgeholt hatte. Rachel springt heraus, sie kommt wie ein alter Freund auf mich zugelaufen und schüttelt mir freudestrahlend die Hand. „Hey Marc, hier bist du also. Ich habe dich schon überall gesucht, denn ich dachte, du hättest dich in der Stadt verlaufen."

„Sorry, ich muss tatsächlich viel Zeit in diesem hässlichen Kaff verplempert haben. Ich war eigentlich schon auf dem Rückweg gewesen, aber die Geschäfte waren alle geschlossen und ich wollte mir mindestens ein neues T-Shirt kaufen." Sage ich entschuldigend und komme mir wie ein Schulkind vor, dass getrödelt hat und nicht rechtzeitig von der Schule nach Hause gekommen ist.

„He, hallo, den Typ kenne ich doch. Das ist unser Märchenerzähler Tatunca-Nara, der Häuptling des Stammes Ugha Mongulala aus. Das liegt in Barcelos am Rio Negro. Er ist ein Mischblut. Darum spricht er auch Deutsch, Indianersprachen und Portugiesisch. Sein Vater war ein indianischer Häuptling und seine Mutter ist eine geraubte, katholische, deutsche Nonne. An sich ist er total harmlos, aber irgendwie doch ziemlich verrückt. Der kann dir vielleicht spannende Stories erzählen, und wenn du Lust hast, können wir ja heute Abend ein Lagerfeuer machen, dann kann er alles selber berichten.

Wir könnten ja zum Abendessen grillen, dabei kannst du locker die ganze Mannschaft kennenlernen, und vielleicht erzählst du uns ja auch was über deinen Werdegang. Komm, steig ein, aber den Köter lassen wir hier, der hat im Lager nichts zu suchen."

Mit einem Fußtritt wird der Hund wieder von der Autorampe befördert, und jaulend verzieht er sich irgendwo in den Bretterbuden am Straßenrand. „Das arme Vieh tut mir ja auch richtig leid. Aber es gibt viel zu viel streunendes Viehzeug in der Gegend, und wenn wir die auch noch füttern, dann fressen die uns hinterher alle auf." Meint Rachel entschlossen. Na ja, sie muss es ja wissen.

„Ich brauche noch T-Shirts, vielleicht kennst du einen Laden hier in der Gegend? Größe XXXL, sonst passt mir nichts."

„Wir haben im Depot genug davon, dafür brauchst du kein Geld auszugeben. Sogar mit Logo, dann gehörst du auch richtig zur Mannschaft. Nun komm schon weiter, mir wird langsam warm hier."

„Rachel, wenn es dir nichts ausmacht, kannst du mich ja bis zur Mine mitnehmen, die haben bestimmt Arbeit für mich. Ich hab schon mal für euch gearbeitet, und ich kenne mich in dieser Gegend ziemlich gut aus. Ich kann euch sogar einen neuen Claim für Opale zeigen, natürlich nicht umsonst. Alles aus erster Hand und ganz frisch."

„Na, dann komm, auf der Rückbank ist noch Platz, schieb die Akten ruhig zur Seite. Marc ist sicher einverstanden, wenn wir dich mitnehmen."

„Na ja," knurre ich nur noch leise, was soll ich machen? „Er soll mir nur nicht noch mehr auf die Pelle rücken, und in meine Wohnung wird der nicht einquartiert."

„Nein, sicher nicht, ich will dich ja nicht vergraulen, denn so einen guten Arbeiter finde ich nicht jeden Tag. Weißt du was, heute Abend machen wir ein Picknick mit einem großen Lagerfeuer, dort können wir uns gegenseitig richtig kennenlernen, und dort kann unser Häuptling dir seine Geschichten erzählen, dafür ist er schließlich in dieser Gegend bekannt wie ein bunter Hund."

„So, da sind wir, ich muss nur noch duschen, dann komme ich zum Lagerfeuer," verspreche ich Rachel und blicke ihr tief in ihre goldgesprenkelten Augen. Mann, das ist eine Klassefrau, so fröhlich und unkompliziert, mit der werde ich bestimmt gut zurechtkommen. Und wie fürsorglich hat sie mich in der Stadt abgeholt, weil sie dachte, dass ich mich verlaufen hätte.

Ich bin nicht scharf auf die Kumpel am Lagerfeuer, aber ich kann es nicht verhindern, an solchen Geselligkeiten muss ich leider teilnehmen. Es sind fast 20 Minenarbeiter, und für sie ist so ein Lagerfeuer eine willkommene Abwechslung.

Als ich mich zu ihnen setze, höre ich gerade noch, wie der seltsame Typ einem Arbeiter erzählt: „Junge, hast du eine Ahnung. Hast du noch nie von Akakor gehört, der geheimnisvollen Stadt im Dschungel?

Nach dem Tode meiner Eltern bin ich dort Häuptling geworden. Verantwortungsbewusst habe ich habe mein Volk in dieser geheimen unterirdischen Stadt Akakor untergebracht, weil „der Weiße" bisher alle Indianervölker umgebracht hatte. Dies war unsere letzte Rettung gewesen, und sie waren mir sehr dankbar dafür gewesen. Einer von ihnen wurde als Schreiber auserkoren, und er schrieb die 'Chronik von Akakor'. Es ist als Buch erschienen und dort kannst du alles genau nachlesen.

Die alten Aufzeichnungen berichten, dass um 13000 v.Chr. am Himmel plötzlich goldglänzende Schiffe aufgetaucht waren. Fremde Wesen aus dem All nahmen die Erde in Besitz. Als Ursprungsplaneten gaben sie Schwerta, eine weit in den Tiefen des Alls liegende Welt an. Und diese außerirdischen Götter errichteten ein gewaltiges Reich in Südamerika.

Sie herrschten über ein riesiges Planetenreich. Sie wurden die Lehrmeister der Menschheit und der Unterschied zu den Menschen war, dass sie sechs Finger und sechs Zehen hatten so wie ich. Sie züchteten auf der Erde einen besonderen Indianerstamm heran. Ugha Mongulala nannten sie ihn, "verbündete auserwählte Stämme". Diese Ugha Mongulala herrschten bis in unsere Zeit über die anderen Indianerstämme, und ich bin der letzte Häuptling dieser Rasse.

Die Hauptstadt des Götterreiches ist Akakor, teils oberirdisch, teils unterirdisch gelegen. Die Städte sind genau wie hier durch gigantische Tunnel miteinander verbunden, die damals von den Göttern angelegt wurden und die künstlich beleuchtet sind.

Diese Tunnel ziehen sich durch die gesamten Anden. In diesen geheimen Tempelbezirken von Unterakakor sind auch heute noch Geräte und Werkzeuge der Götter ebenso alle Dokumente, wie Landkarten und Zeichnungen, die die unbekannte Geschichte unserer Erde zeigen, denn die hat früher einmal anders ausgesehen.

Auch der südamerikanische Kontinent hat vor der großen Katastrophe anders ausgesehen. Die Anden und die Urwälder sind erst nach dieser Katastrophe entstanden. Die Hafenstadt Tiahuanaco fand sich plötzlich in einer Höhe von 4000m wieder, dort, wo wir sie heute finden, auf dem Altiplano in Bolivien.

Und als Höhepunkt, so erzählt Tatunca Nara, hat er selbst in den unterirdischen Tempelbezirken von Akakor 4 schlafende Götter gesehen. Sie liegen dort seit Jahrtausenden in einer Flüssigkeit ungestört und niemand darf sie wecken.

Ausgelöst wurde die Katastrophe anscheinend durch einen Götterkrieg. Die Götter kehrten im Jahre 3166 v. Chr. zurück. zwei Göttersöhne namens Lhasa und Samon blieben auf der Erde.

Während Lhasa die Wiederherstellung des völlig zerstörten Reiches leitete und neue Städte wie zum Beispiel Machu Picchu gründete, errichtete Samon ein weiteres Götterreich weit im Osten, über das aber nur wenig bekannt ist. Wahrscheinlich war das Ägypten gewesen, er konnte mit einer Flugscheibe fortbewegen, die sich heute noch in Unterakakor befindet.

Außerdem ist da noch Akahim, die Festung Nummer drei. Akakor und Akahim sind durch unterirdische Tunnel und ein Spiegelsystem miteinander verbunden.

Heute lebt man dort nur noch in unterirdischen Wohnstätten. Dort herrschen seit dem 16. Jahrhundert das Matriachat, also die Frauen.

Als die Europäer erstmals in die Urwälder Südamerikas vordrangen, eilte ihnen ihr schrecklicher Ruf weit voraus. Man hatte schnell von der Vernichtung der Inkas und ihrer Goldgier gehört. Weil man den Waffen der europäischen Eroberer nicht gewachsen war, wollten die Anführer Akahims ihr Gebiet kampflos räumen und jede Spur eines indianischen Großreiches verwischen.

Doch da rebellierten überraschend die Frauen von Akahim und rissen die Macht an sich. Sie wollten nämlich kämpfen. Sieben Jahre lang sollen sie den Europäern Widerstand geleistet haben, und als sie erkannten, dass sie nichts mehr ausrichten konnten, da zogen sie sich in die unterirdische Wohnstätten zurück, und das ist die Wahrheit und keine Legende.

Die Chronik von Akakor endet mit der dritten großen Katastrophe und der daraufhin folgenden Wiederkehr der Götter, die zuerst für das Jahr 1981 angekündigt war. Das geschah zwar nicht, aber es gibt Hoffnung, denn bestimmte Maschinen in Unterakakor haben wieder angefangen zu summen, und das wäre ein sicheres Zeichen für die Rückkehr der alten Götter gewesen." Meint Tatunca Nara ernsthaft.

„Das hört sich aber sehr kurios an, fast wie eine Science-Fiction-Story. Junge, das hast du dir doch sicher ausgedacht," lacht einer. „Das sind doch Märchen, die du uns erzählst."

„Na, wenn ihr es nicht glaubt, warum soll ich dann weiter berichten." Damit springt er beleidigt vom Feuer auf und mit einem Satz ist er im Dschungel verschwunden.

„Na, den haben wir jetzt endgültig vergrätzt, den sehen wir hoffentlich nicht so bald wieder." Sagt Rachel lachend.

„Aber viele Dinge enthalten trotzdem einen wahren Kern. Ich habe damals alle Berichte und Veröffentlichungen über ihn gesammelt. Wenn du willst, kann ich sie dir ja morgen im Büro zeigen."

„Ja, diese Sache werde ich gerne mal weiterverfolgen, die klingt ja wirklich sehr spannend."

„Du hast ja gar nichts gegessen, und auch kein Bier getrunken," meint Rachel aufmerksam.

Mist, da hat sie gut aufgepasst, da muss ich wieder mal lügen, aber ich fühle mich nicht sehr wohl dabei, denn ich spüre, dass sie wirklich sehr freundlich und aufmerksam ist.

„Danke, ich habe heute keinen Hunger, außerdem hatte ich schon vorher etwas gegessen. Vielen Dank für deine Gastfreundschaft und Aufmerksamkeit."

„Du brauchst nicht so förmlich zu sein," meint sie und sieht mich rätselhaft an. „Du kannst mit mir über alles reden, was dir auf dem Herzen liegt, ich werde nichts weitererzählen.

Bald werde ich ihr wohl die Wahrheit sagen müssen.

Als das Feuer heruntergebrannt und der gesamte Biervorrat vernichtet ist, verzieht sich die ganze Mannschaft, inzwischen ist es Mitternacht geworden. „Gute Nacht, ihr Lieben, morgen früh um sechs Uhr ist die Nacht zu Ende, dann werden wir mit dem Bagger viel zu tun haben." meint Rachel und ist sofort in der Nacht verschwunden.

Am nächsten Tag war ich früh im Büro. Rachel wartete schon auf mich und überreichte mir eine dicke Mappe. „Hier sind die ganzen Akten von Tatunca Nara, die ich im Laufe der Jahre über ihn gesammelt habe. Eine spannende Geschichte, sag ich dir. Der Typ ist eine schillernde Persönlichkeit, und einiges ist bestimmt wahr an seiner Story.

Er tauchte erstmals um 1970 mit seiner Geschichte auf, als er 1972 den Konsul in Rio de Janeiros sprechen wollte. Doch dieser lehnte ab mit der Begründung: "Die Geschichte dieses Mannes ist vollkommen verrückt… Der Mann ist ein phantastischer Märchenerzähler."

In einem 1947 erschienen Bericht über die geografische Wissenschaft in Deutschland innerhalb des Zeitraums von 1933 bis 1945 wird detailliert aufgeführt, wo überall bis zum Kriegsende Auslandsforschung praktiziert wurde. So wurde unter anderen Expeditionen auch eine die im Jahre 1942/43, also mitten im Krieg im Amazonasgebiet durchgeführt.

Die Frage bleibt offen, welchen wirklichen Umfang diese Expedition hatte und was das eigentliche Ziel war. Den logistisch so etwas im Krieg zu bewerkstelligen, erforderte großen Aufwand.

Die geplante Geheimexpedition sollte noch in den letzten Kriegstagen im Jahr 1945 ausgesandt werden. Für die Leitung dieser Expedition war Otto Skorzeny vorgesehen, der auch im Mai 1945 in der Absetzbewegung involviert war. Aus dieser Expedition wurde dann nichts mehr, doch es ist wohl so, dass die Pläne auch in den USA nach dem Krieg bekannt wurden und als Filmstoff herhalten musste. Dass die Widersacher von Indiana Jones auf der Suche nach dem Heiligen Gral SS-Soldaten waren, hat also einen wahren Kern!

Dem eigentlichen Ziel dieser Expedition, kam in den 70-igern Jahren ein ARD-Korrespondent Karl Brugger wohl ziemlich nahe, der verlor aber sein Leben bei den Recherchen. Er war nämlich in Südamerika Gerüchten nachgegangen, wonach es im Amazonasgebiet wirklich einen SS Stützpunkt gab.

Ab 1943, so der israelische Geheimdienstler Michael Bar-Zohar, wurden deutscherseits große Geldvermögen ins Ausland transferiert, um im Ausland den Aufbau von Siedlungsgebieten, Werkstätten, Forschungs- und Produktionseinrichtungen zu unterstützen. Südamerika war wohl die wichtigste Region dafür. Immerhin entstanden nach dem Krieg besonders dort hunderte neue deutsche Firmen. Ganz besonders recherchierte der ARD-Korrespondent Karl Brugger in den 70-igern in Südamerika nach geheimen deutschen Stützpunkten sowie nach Gerüchten, wonach Hitler überlebt hatte und nach Südamerika entkommen war.

Am 3. März 1972 traf dieser ARD-Korrespondent Karl Brugger einen gewissen Tatunca Nara. Ein angeblich weißer Indianer, der vorgab, Häuptling eines bis dahin gänzlich unbekannten Indianerstammes zu sein- der Ugha Mongulala. Eher widerwillig und in gebrochenem Deutsch, erzählte Tatunca Nara seine Geschichte und die seines Volkes auf 12 Tonbändern – die Grundlage des Buches 'Die Chronik von Akakor'. Im Jahre 1976 erschien darauf Burggers Buch: 'Die Chronik von Akakor'.

Aber wer war dieser Karl Brugger? Er war Auslandskorrespondent der ARD in Südamerika. Seine Reportagen, zumeist politischer Natur, waren damals regelmäßig auf den verschiedensten Radiostationen zu hören.

Er berichtete in einem Interview: „Tatunca konnte erzählen, dass es einem die Sprache verschlug, und jede neue Geschichte war eine weitere Sensation. In seiner Gesellschaft brauchte man keinen Schlaf mehr, er war eine Aufputschdroge in Menschengestalt. Die Geschichten faszinierten mich. In meinem Kopf entstand bereits mein Buch über den großen Winnetou von heute.

Er nahm das Angebot an, zusammen mit Tatunca Nara nach Akakor zu reisen, um sein Volk zu besuchen. Per Satellit glaubte er sogar die deutsche Basis lokalisiert zu haben, man sah in dem Kreis den gesuchten "Akakor- Komplex".

Zusammen mit einem brasilianischen Fotografen brach er auf, um mit einem Boot bis zum Oberlauf des Rio Purus zu fahren, um von dort in das Quellgebiet des Rio Yaku vorzustoßen.

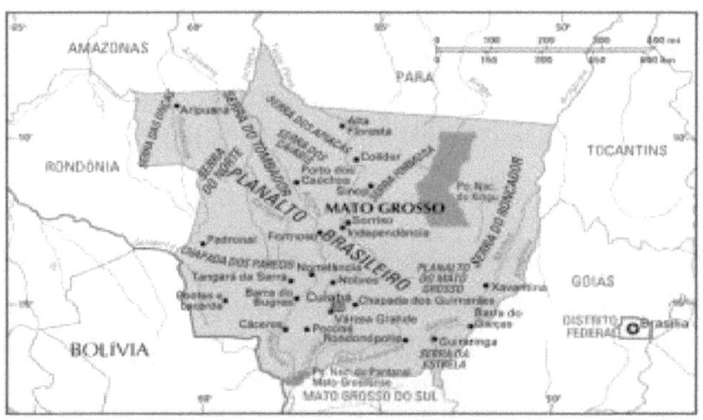

Zunächst lief alles planmäßig, aber nur wenige Tagesmärsche vor Akakor kenterte das Kanu und die ganze Kameraausrüstung ging verloren. Die Expedition wurde aufgegeben, und Brugger war natürlich darüber ziemlich verbittert und enttäuscht.

Am nächsten Morgen brach Brugger und der Fotograf das Lager ab, während Tatunca Nara auf dem Landweg zu seinem Volk zurückkehrte."

„Soweit lässt sich wirklich alles rekonstruieren. Brugger verfasste seine Erlebnisse und seine Recherchen um Akador in einem Buch "Die Chronik von Akakor", was nach seinem Erscheinen 1979 heftige Kontroversen in Deutschland auslöste." erklärte Rachel lachend.

„Und früher dachte ich sogar, dass ich ein direkter Nachkomme dieser Ereignisse bin. Es ist alles wahr und nachvollziehbar an dieser Geschichte.

Brugger behauptete in seinem Buch, in den 40 Jahren, wären ca. 2000 deutsche Soldaten in einer Geheimaktion nach Brasilien zu den Ugha Mongulala gelangt und hätten sich nach dem Krieg gezwungenermaßen mit diesen verbunden.

Viele Mitwisser um die deutschen unterirdischen Technologieprojekte setzten sich nach dem Krieg ins Ausland ab. Gab es tatsächlich einen SS Stützpunkt im Urwald?

Nach Recherchen war Brugger in Argentinien einem Kameraden auf der Spur, der im deutschen Atombombenprogramm mindestens verwickelt war. Kurz vor seinem Tod behauptete Brugger, dass er im brasilianischen Urwald den gesuchten SS Stützpunkt vermutete. Und nach seinem Tod rissen die Gerüchte nicht ab, dass Brugger dem Privatflugzeug Hitlers auf der Spur gewesen war.

Anhand der von Brugger recherchierten Daten steht mit großer Sicherheit fest, dass es erstens tatsächlich eine deutsche Amazonasexpedition gab und zweitens die Mitglieder dieser Expedition größtenteils in Südamerika nach dem Krieg geblieben waren. Das in Deutschland darüber berichtet wurde, ist eben auch ein entscheidendes Indiz, dass diese Expedition wirklich stattgefunden hatte.

Brasilien erklärte zwar am 22.8.1942 Deutschland und Japan den Krieg, nahm aber erst 6.6.1945 daran aktiv teil und das auch nur gegen Japan. Es ist also nicht von der Hand zu weisen, dass die Möglichkeit bestand, dass die Geheimexpedition nach Amazonien im Umfang von mehreren hundert deutschen Soldaten stattfand.

Als man dann jenseits staatlichen brasilianischen Zugriffes war und von der Kriegserklärung erfuhr, beschloss man wohl in der abgelegenen Region zu bleiben, bis wohl niemand mehr den Drang verspürte heimzukehren (wahrscheinlich heirateten Deutsche indianische Eingeborenenfrauen).

So erreichten die Deutschen Soldaten Akakor. Und so richteten sie sich ein. Mit offenen Herzen kamen sie. Geschenke brachten sie und tausenderlei mächtige Waffen zum Kampf gegen die Weißen Barbaren. Und die Deutschen Soldaten gingen an die Arbeit. Um vor dem Angesicht der Götter zu bestehen, nahmen sie ihr Werkzeug auf. Die gleiche Arbeit verrichteten sie wie das auserwählte Volk.

Die große Frage bleibt also, was in dieser Region heute noch zu finden ist, also eventuelle auffällige Mischlingskinder oder irgendwelche deutsche Gräber.

Und diese merkwürdige Geschichten ist noch nicht zu Ende. Der französische Ethnologe Prof. Marcel Homet unternahm bereits 1949/50 eine Expedition in diese Gegend, um nach einer verlorenen Stadt zu suchen. Letztendlich wegen der schwierigen Verhältnisse vor Ort zwar erfolglos, doch nicht auf gut Glück.

Denn wie berichtete ihm damals ein Indianer:
"...Gegenüber diesem Felsen auf der rechten Seite des Flussufers ist eine Art Dorf. Die Häuser waren einst aus Stein, sind aber jetzt ganz zerfallen. Und diese Häuser sind in langen Reihen gebaut und durch breite regelmäßige Straßen getrennt. Wenn du diesen zerfallenen Ort dann verlässt,... kommst du nach zwei weiteren Tagen im Bergland an eine hohe Mauer... Dann kommst du zu einer großen Stadt aus Steinen, die aber alle auf die Erde gefallen sind.

Die Stadt war in geraden Linien gebaut. Du kannst diesen Linien folgen, aber gib acht auf jeden deiner Schritte, denn dort, wo einst Wohnungen waren, sind nur noch große Steinplatten, und viele davon wurden von starken Baumwurzeln gesprengt, die zwischen ihnen durchgewachsen sind."

Möglicherweise hatte Tatunca Nara tatsächlich irgendetwas gesehen oder entdeckt, was ihn zu dieser Akakor-Story veranlasste. Beispielsweise können die Pyramiden durchaus künstlichen Ursprungs sein. Doch der größte Teil der Story drum herum wird wohl seiner Phantasie zuzuschreiben sein.

Warum nur offenbart sich eigentlich dieser Tatunca Nara uns Fremden immer wieder gegenüber? Nun, angeblich geriet sein Volk durch die heran strömenden Weißen immer weiter in Bedrängnis, und er erhoffte sich durch die Preisgabe seines Geheimnisses Hilfe in seiner Angelegenheit.

Und er bot immer wieder irgendwelchen Fremden an, einige ausgewählte Weiße wie mich nach Akahim zu führen. Tatunca ist in Brasilien inzwischen bekannt wie ein bunter Hund. Er selbst lebt in Barcelos, einer Stadt am Rio Negro, wo er heute immer noch Touristen durch den Dschungel führt

Er ist ein guter Waldläufer, und Touristen sind bei ihm so lange sicher aufgehoben, wie sie seine Stories über seine indianische Abstammung nicht weiter verfolgen.

Auch wer sich mit ihm nach Akahim begeben will und sogar auch seine finanziellen Forderungen akzeptiert, scheint so lange nicht gefährdet zu sein, wie er kurz vor dem Erreichen des Ziels einsieht, dass "die Zeichen nicht günstig sind", "die Priester auf telepathischem Weg Einwände erheben", "die Regenzeit eingesetzt habe", oder von mir aus auch "der Erhabene Zahnschmerzen und ein Hühnerauge hat" (diese Version glaube ich hatten wir noch nicht).

Wer jedoch diese Einwände nicht gelten lässt, und wer sogar auf eigene Faust weitergehen will, wenn also die Gefahr besteht, dass Tatunca in die Enge getrieben wird, er und seine Geschichten bloßgestellt werden könnte, der dürfte sich in Lebensgefahr befinden. Diese Erkenntnis kommt aber für Frau Heuser, Herrn Wanner und Herrn Reed zu spät.

Ob an der ganzen Story ein Fünkchen Wahrheit ist, das kann erst die Zukunft erweisen. Die Wahrheit ist irgendwo da draußen.

Ich war schlagartig desillusioniert, ich glaubte ihm kein einziges Wort. Und später erkannte ich, dass meine Weigerung, mitzugehen, meine Rettung gewesen war, mein Schutzengel hatte wieder einmal überzeugende Arbeit geleistet.

Sonst hätte auch ich längst zu den Toten gehört, die im unwegsamen Dschungel gefunden wurden. Bis dahin hatte ich ihn nur für einen begnadeten Erzähler gehalten, einen Menschen mit einer faszinierenden Lebensgeschichte. Jetzt war er für mich ein Fantast, ein gefährlicher Spinner geworden.

Dass hinter seiner Geschichte noch viel mehr steckte, dass er in Wirklichkeit ein weggelaufener Deutscher aus Nürnberg war, der Frau und Kinder im Stich gelassen hatte, und dass die Toten in unmittelbarem Zusammenhang zu ihm standen, erfuhr ich erst viel später.

Brugger war so von der bizarren und facettenreichen Geschichte elektrisiert, und setzte seine Recherchen darüber noch über viele Jahre fort.

Bis er am 2. Januar 1984 auf offener Straße erschossen wurde. Brugger war wahrscheinlich bei seinen Recherchen einem „Kameradennetzwerk" zu nahe gekommen.

 Es wurde sogar eine Reportage über die Geschichte gedreht:
ZUM FILM DES TATUNCA NARA AM SONNTAG 20.JAN.
Fernsehwoche 19.-25.1.1991 - Gedreht vom ARD (1.DEUTSCHEN FERNSEHEN)
Er nennt sich Tatunca Nara.

Seine Augen und seine Haare sind hell. Er spricht perfekt deutsch. Doch er behauptet, ein weißer Indianer zu sein. Und er vermutlich für den Tod von mindestens vier Menschen, die bei der Suche nach einer geheimnisvollen Stadt, starben. Warum die brasilianische Polizei alle Vermittlungen vereitelt- das erfahren die Zuschauer in der spannenden Dokumentation „Das Geheimnis des Tatunca Nara".

Warum schlugen nun alle Expeditionen nach Akahim fehl? Tatunca Nara hatte viele Begründungen: "Die Zeichen stehen nicht günstig", "Die Regenzeit hat begonnen", "Die Priester sind unzufrieden" oder "Die Priester hätten heute Nacht verlangt umzukehren" waren und sind gängige Antworten, mit denen er sich auseinandersetzen musste. Dann sollte die Expedition nach Akahim mit zwei Helikoptern durchgeführt werden.

Erst als man schon allgemeine Rückreisevorbereitungen getroffen hatte, kam er an, aber ohne einen Gegenstand der Götter. Angeblich hatten es ihm die Priester verboten, irgendetwas aus Akahim mitzunehmen. Und per Hubschrauber, so die überraschende Auskunft, durfte die Expedition auch nicht durchgeführt werden. Es würde nur per Boot und zu Fuß gehen.

Bei einer sehr intensiven Befragung Tatuncas durch Däniken in Rio, erklärte Tatunca, dass die Hubschrauber durch irgendwelche göttlichen Kräfte abstürzen würden und aus diesem Grund eine derartige Expedition nicht durchzuführen sei.

Davon war freilich vorher nie die Rede gewesen. Auch gab er während der Befragung verschiedene Details zum besten, die nicht in Bruggers Buch standen. Mit diesem Buch war er auch nicht sonderlich einverstanden. Seinen Angaben zufolge hatte Brugger einige Dinge falsch dargestellt, andere dazu erfunden.

Ferdinand Schmid unternahm trotzdem mehrere Expeditionen mit Tatunca nach Akahim, die letztendlich zwar erfolglos blieben, doch er konnte auf einer von ihnen immerhin drei Pyramiden fotografieren. Akahim hat bis heute jedenfalls niemand gesehen.

Nur: Tatunca beherrschte die deutsche Sprache gut und benutzte des öfteren Begriffe, wie sie der Zeitgeist hervorbringt, die man keineswegs aber von einem Indianer erwarten konnte. Außerdem fanden sich verschiedene mythologische Begriffe in der Chronik von Akakor fast wortgleich in anderen Überlieferungen wieder.

Der Verdacht lag nahe, dass er zumindest Teile der Chronik von Akakor mit alten Mythologien manipuliert und sich andere Angaben aus der spektakulären Literatur besorgt hatte.

Trotzdem ließ Karl Brugger nicht locker. Er hatte vor, eine weitere Expedition nach Akahim durchzuführen, um die Angelegenheit endgültig zu klären. Er beendete seine Tätigkeit als ARD-Korrespondent Ende 1984 und wollte zunächst nach Hause fliegen, um die nötigen Vorbereitungen zu treffen. Doch dazu kam es nicht mehr. Am letzten Tag seines Rio-Aufenthaltes wurde er erschossen.

Diese Meldung ging durch die Medien, wie z.B. die Tagesschau. Was war geschehen? Am 1. Januar 1985 ging er mit seinem Nachfolger in Rio, Ulrich Encke, essen. Nachdem sie das Lokal verlassen hatten, trat ein Mann auf sie zu, sagte etwas und erschoss sofort Karl Brugger. Daraufhin floh er. Der Mörder wurde bis heute nicht gefasst.

Nun ist Rio de Janeiro zweifellos eine gefährliche Stadt. Die Armut bringt auch entsprechende Kriminalität hervor, 5 Dollar oder eine Uhr sind häufig schon Anreiz genug. Aber ist es nicht merkwürdig, dass dies ausgerechnet an Bruggers letztem Abend in Rio geschah? Und ist es nicht merkwürdig, dass der Täter nicht einmal den Versuch machte irgendetwas zu stehlen?

Wurde Brugger etwa gezielt umgebracht? Diese Frage wird sich letztendlich nicht mehr beantworten lassen, auch nicht, für wen er gefährlich geworden war.

 Und noch eine dunkle Seite gibt es in dieser mysteriösen Tatunca-Nara-Story. Es ist das rätselhafte Verschwinden verschiedener Leute die mit Tatunca Nara nach Akahim gelangen wollten. Verschwunden und ermordet aufgefunden wurde der Schweizer Herbert Wanner, der Tatunca zum wiederholten Male besuchte und mit ihm nach Akahim wollte.

Verschwunden ist der Amerikaner John Reed, sein letzter Brief vom Dezember 1980 beginnt mit "Noch ein oder zwei Tagesreisen von Akahim entfernt". Er ist darin voll des Lobes über Tatunca Nara. Doch dieser will im Nachhinein von einer gemeinsamen Expedition mit John Reed nach Akahim nichts wissen, er will mit ihm nur drei Tage lang unterwegs gewesen sein, was so nicht stimmen kann. Anschließend hätte Reed sich alleine in den Dschungel begeben, natürlich gegen den ausdrücklichen Wunsch Tatunca Naras. Die letzten Briefe von John Reed sprechen aber eine ganz andere Sprache.

Verschwunden ist auch Frau Christine Heuser, auch bei den Weltkonferenzen der AAS zu Gast, wie 1982 in Wien. Ende 1986 ist sie etwa vier Wochen bei Tatunca, um 1987 zu ihm zurückzukehren, denn diesmal will er sie nach Akahim mitnehmen. Sie ist bis heute verschwunden. Aber es gibt Zeugen, und Tatunca gibt das auch zu, dass sie sich heftig gestritten hätten.

Tatunca Nara steht heute unter dem dringenden Verdacht, mit dem Verschwinden bzw. mit dem Tod dieser Menschen zu tun zu haben.

Es liegt auch ein Auslieferungsersuchen des Bundeskriminalamtes vor, dem bisher aber kein Erfolg beschieden war. Wieso aber des Bundeskriminalamtes? Tatunca ist doch als Indianer brasilianischer Staatsbürger?

Auch das ist falsch. Wir wissen heute, dass er weder Indianer noch Brasilianer ist. Er hat eine zweite Identität, die er mit dem Eintritt ins Leben als Tatunca Nara abgelegt hat.

Es handelt sich bei ihm tatsächlich um den deutschen Staatsbürger Günther Hauck. Er verließ 1966 seine Frau und seine Kinder, und wurde wegen eines Unterhaltsdelikts zu einer Strafe verurteilt. Nach Untersuchungshaft heuerte der inzwischen Geschiedene am 15.2.1968 auf einem Schiff an, das ihn nach Rio de Janeiro brachte. Von dort verliert sich die Spur des Günther Hauck.

Und noch ein kleines Detail sei hier vermerkt: sein vom Gericht notierter Spitzname in der Strafvollzugsanstalt lautete: Tatunge Nare! Diese und andere Details wurden vom Bundeskriminalamt sowie einigen Journalisten herausgefunden.

Beispielsweise konfrontierte ihn die Zeitschrift 'Bunte' einmal mit seiner Ex-Frau, die sich bei ihm zu einem Dschungeltrip einfand, und ihn eindeutig identifizierte. Doch auch in diesem Fall war er um Ausreden nie verlegen.

Haben wir es also mit einem Mörder zu tun, der sich eine neue Identität zugelegt und die ganze Akakor-Story erfunden hat? Was das Verschwinden der verschiedenen Leute angeht, so sprechen die Indizien in der Tat eindeutig gegen Tatunca Nara.

Der dringende Tatverdacht gegen ihn ist vollauf gerechtfertigt. Es läge an ihm, diese Indizien zu entkräften. Dies ist bis heute nicht geschehen. Trotzdem sage ich nicht, dass er ein Mörder ist. Dies zu entscheiden, ist die Aufgabe derjenigen Institutionen, die die dafür nötige Kompetenz besitzen. Ich habe daher Respekt vor den Leuten, die ihn kennen, weil sie mit ihm des Öfteren auf langen Reisen unterwegs waren und eine andere Ansicht zu diesem Fall haben.

Akakor in der Form, die wir aus Bruggers Veröffentlichung und Tatuncas Erzählungen kennen, gibt es sicher nicht. Es fragt sich, wie konnte ein Deutscher als Ausländer innerhalb weniger Jahre in Brasilien einen derartigen Einfluss erlangen, dass er anscheinend von höchster Stelle bis heute gedeckt wird, und die dringenden Verdächtigungen gegen ihn alle zu keinem Ergebnis führen, bzw. im Sande verlaufen?

Und das im nationalbewussten Brasilien! Dass er von höchster Stelle gedeckt wird, daran besteht heute kaum mehr ein Zweifel. Möglicherweise vom Militär. Aber warum wird er gedeckt? Was ist so wichtig an ihm, daß sogar mehrere Mordverdächtigungen für ihn keine Konsequenzen haben?

Um herauszufinden, ob wir die Tatunca-Nara-Stories unter der Rubrik "erledigt" abhaken können, müssen wir uns fragen, ob diese Stories um untergegangene Zivilisationen und alte Städte in diesem Gebiet allein für sich stehen, denn solche Geschichten gibt es zu Hauf in Brasilien. Aber wie ist es mit dem Grenzgebiet zwischen Brasilien und Venezuela?

In einem anderen Zeitungsartikel stand folgendes:
Ich will mit meinem Film keinen Kriminalfall aufklären, sondern einen geheimnisvollen Menschen entlarven, sagt der 42jährige München Journalist und Filmemacher Wolfgang Brög. Zusammen mit dem Hamburger Rüdiger Nehberg, mit der er mit dem ZDF schon „Goldrausch in Amazonien" drehte, heftete er sich in Brasilien zwei Jahre lang an die Fersen des „weißen Indianers".

Sie fanden heraus, dass er in Wirklichkeit der etwas 50-jährige Nürnberger Hansi Hauck ist. Er gibt sich als Häuptling eines mysteriösen weißen Indianerstammes aus, der angeblich in der 10000 Jahre alten Stadt Akakim, der angeblich in dem unzugänglichen Gebiet zwischen Brasilien und Venezuela lebt.

Dieter Kronzucker versuchte vergeblich, das Geheimnis Akahims und Tatunca Nara zu lüften. in seinem Buch „Abenteuer und Legende" hat er die Stadt auf einer Karte eingezeichnet und Rüdiger Nehberg widmete Tatunca Nara ein Buch, das in diesen Wochen erscheint. Sogar Däniken berichtet in seinen Publikationen über die sagenhafte Stadt. Unter dem Aktenzeichen170Js2687 prüft die Staatsanwaltschaft in Hamburg (dort hatte Hauck seinen festen Wohnsitz) folgende Fälle:

Im Juni 1987 reiste die deutschstämmige Christine Heuser (47) an den Rio Negro. Sie wollte Hauck heiraten und verschwand danach spurlos in Dschungel.

Hauck damals: „Sie ist mir lästig geworden und ich habe sie davon gejagt."

Drei Jahre zuvor, verlor sich die Spur des Schweizers Herbert Wanner (22 Jahre) in Haucks Nähe. Von einer gemeinsamen Expedition soll Hauck allein zurückgekehrt sein.

1980 verschwand der Amerikaner John Reed (28) auf einer Tour mit Tatunca Nara. Suchtrupps fanden die Hängematte des Amerikaners, in ihr lag ein gebleichter Knochen.

Gemäss dem Bordbuch von Tatunca Nara handelte es sich um folgende Personen, die ihn besuchten und im Bordbuch eingetragen wurden: Manfred Hart, Erwin Decker und Gerda Schmidt (Christa Hauck)

Christa Hauck, hat sich in Nürnberg ein paar italienische Schuhe für 240 DM gekauft. Das ist viel Geld für eine Putzfrau. Dafür muss sie eine Woche putzen. Sie wollte aber ein bisschen schick sein. Mit den neuen Schuhen in der Hand kletterte sie aus der sechssitzigen Embraer, die gerade auf der Dschungelpiste von Barcelos in Nordbrasilien, am Oberlauf des Amazonas landete.

Vom Kabinenfenster, noch in der Luft, hat sie die vom Tropenregen verschlammte Piste gesehen. Der Regen prasselt, die feuchte Erde dampft. Oh Gott, sagt sie, da lebt es, in diesem Dreck und sie hat sich die neuen Schuhe angezogen.

Christa Hauck sucht ihren Mann, der sie vor über 23 Jahre in Nürnberg ohne ein Wort, verlassen hat. Über Nacht. 28 war sie damals. Zwei Kinder hatte sie und mit einem Dritten war sie schwanger. Hier könnte ich nicht leben, sagt Christa Hauck, als sie sich mit den BUNTE-Reportern in der Flugzeugbaracke im Dschungel unterstellt.

 Die Luft ist schwer, drückend. Luftfeuchtigkeit über 90. Frau Hauck ist klitschnass vom Regen und Schweiß. Ihre karierten Leinenhosen, ihre Bluse kleben. Ihr verschwundener Mann, Günter Hauck soll hier als Indianer leben.

In Nürnberg war er Maurer und hier im Urwald nennt er sich TATUNCA NARA (Große Wasserschlange) – er soll Häuptling sein.

Der Survival-Fanatiker Rüdiger Nehberg, der im Tretboot den Atlantik überquert hat und auf seinen Expeditionen Würmer und Heuschrecken isst, hat den deutschsprechenden Indianer im Dschungel entdeckt. Nehberg nahm Gesprächsfetzen mit nach Deutschland – und Fotos. Eines dieser Fotos zeigte die Polizei Christa Hauck. Als sie die Fotos zeigte, sagte sie, ja, ich glaube, dies ist mein Mann.

25 Flugstunden ist Frau Christa Hauck, die vorher noch nie in einem Flugzeug saß, von Nürnberg entfernt. Sie war erst zweimal im Ausland, einmal am Plattensee in Ungarn und einmal in Rimini. Das unheimliche Wetter macht ihr Angst. Ihre Kinder hatten zu ihr gesagt: Fahr nicht, lass doch den Papa, wo er ist.

Die Augen des Indianers auf dem Foto, waren die Augen ihrer Mannes, der Mund sein Mund. Vor 29 Jahren, 1960 hatte sie ihren Mann vor dem Schalter der Ortskrankenkasse in Nürnberg kennen gelernt. Er hatte sie angesprochen. Er war der nächste nach ihr am Schalter gewesen. Er hatte sie zum Kaffee eingeladen. Hatte ihr erzählt, dass er aus Coburg sei und Maurer ist. Später gingen sie ins Kino. Ihre Liebe begann. Zwei Jahre gingen sie zusammen und sie heirateten dann auch.

Was machen wir jetzt, fragte Christa Hauck im Dschungel. Der Regen prasselt auf das Wellblechdach der Baracke am Flughafen. Man muss schreien, um sich zu verstehen.

Die Reporter: Unser Pilot ist dreimal eine Schleife übe Barcelos geflogen. Tatunca Nara ist der bekannteste Dschungelführer am Rio Negro. Wenn er ein Flugzeug hört, dann kommt er immer zum Aeroport. Wir müssen warten...

Frau Hauck setzt sich auf eine Holzbank. Ihr dürft nicht sagen, wer ich bin, sagt sie. Ihre Hände zittern. Dutzende Male hatten die Reporter und Frau Hauck die Situation durchgesprochen. Sie wäre Touristin, heißt Christel Schmidt. Die Reporter hätten sie aus Manaus, der größten Stadt am Amazonas, mitgenommen, weil ein Platz im Flugzeug frei gewesen ist.

Abrupt hört der Regen auf. Wir sehen, wo wir sind. 30m vor einer grünen Wand, der Dschungel. Ein roter Lehmweg führt hinein.

Wie war ihr Mann, fragt der Reporter, während sie auf Tatunca warten. Er war ein lieber Mann und fleißig. Frau Hauck erzählt, dass sie daheim Alpenlandschaften stickt. Dies wäre ihr einziges Hobby. Sechs Alpenlandschaften hängen bei ihr im Wohnzimmer und drei im Fluss. Bevor ihr Mann vor 23 Jahren verschwand, lebten sie von seinem Maurerlohn.

Als er nach einem Monat nicht mehr zurückkam, hat sie ihn von der Polizei suchen lassen. Als die Polizei ihn nicht fand, ging sie putzen.

„Hebe bloß die Mappe gut auf, das ist ja vielleicht eine Riesen-Story und alle wichtigen Wissenschaftler sind auf ihn und seine Story reingefallen. Das ist ja unglaublich. Und wo ist der Typ jetzt? Wird er wirklich hier arbeiten?"

„Ja und nein, er ist gerade mit zwei Mitarbeitern aufgebrochen, um ihnen einen Claim mit Gold zu zeigen, und wenn er erfolgreich ist, wird er auch am Gewinn beteiligt werden. Aber eigentlich glaube ich nicht so recht daran.

Aber eigentlich wollte ich dich fragen, ob du Lust hast, könnten wir uns mal die Umgebung ansehen, der Jeep ist gerade frei, und die andern Ersatzteile für den Riesen-Schaufelradbagger sind noch nicht eingetroffen. Da können wir erst morgen weitermachen. Oder hast du heute schon was anderes vor?"

„Nein, eigentlich nicht, und so schönen Frauen helfe ich immer gern."

„Das Versprechen wird dir bestimmt noch mal leidtun," lacht Rachel, sie ist wirklich eine famose Person und ein prima Kumpel, dem man vertrauen kann. Außerdem hatten es mir ihre grüngoldgesprenkelten Augen und die wilde rote Mähne angetan.

Ich hatte die ganze Nacht nicht geschlafen, denn mir gingen einfach zu viele Gedanken im Kopf herum. Sollte ich mich wirklich hier für länger einrichten? Außerdem gefiel mir diese Rachel immer besser, sie ist wirklich eine famose Person.

„Komm, steig ein, ich will dir aber vorher noch auf der Baustelle etwas zeigen."

Der Riesen-Schaufelradbagger hatte schon wieder einen Unfall. Er war durch ein riskantes Fahrmanöver umgekippt und lag voll auf der Seite. „Na, da konnte aber wieder einer nicht richtig fahren."

„Genau, den Baggerführer musste ich gerade leider rausschmeißen, weil er vollkommen betrunken war. Solche Leute kann ich hier nicht gebrauchen, es könnten ja auch Menschen dabei zu Schaden kommen. Jetzt ist sein Job frei geworden, Spitzengehalt und ein hochmotiviertes Team erwartet Sie. Wäre das nichts für dich?"

„Ich weiß nicht, ob ich das wirklich annehmen kann. Wenn du willst, kann ich dir ja meine Lebensgeschichte erzählen, dann wirst du vielleicht verstehen, warum ich mich nicht langfristig binden kann. Und wenn ich ganz ehrlich bin, weiß ich überhaupt nicht mehr, was aus mir mal endgültig werden soll, und manchmal habe ich das Leben so satt und weiß nicht mehr weiter."

„Das verstehe ich aber nicht, so ein toller Mann wie du, unheimlich stark, du siehst gut aus und du bist auch noch ziemlich jung, mein Gott, was will man sonst noch vom Leben erwarten können? Dir steht die ganze Welt offen, du bist frei, da muss doch was zu machen sein. Und du hast keine Familie und keine Bindung? Das ist sehr seltsam. Vielleicht hast du besondere Interessen oder ein Hobby, dass du schon mal lange machen wolltest?"

„Ach, Rachel, danke für dein Mitgefühl, aber in Wahrheit bin ich ein menschliches Wrack, wenn man mir das auch nicht ansieht. Man hatte mich viele Jahre als Versuchskaninchen auf zwei Beinen benutzt, mich optimiert, repariert und meinen Körper so lange mit Features angereichert, bis ich ein echter Stahlmann geworden bin.

Zehn solcher Kriegsmaschinen wie ich wurden mit einem Heer an Medizinern kriiert, nur dummerweise sind schon neun Kollegen daran verreckt. Und man hat uns nie richtig zum Einsatz gebracht worden, und so war das ganze Projekt sinnlos geworden.

Der Preis dafür: Mein Darm ist so verkürzt, dass ich nur graue Pampe, fieses Kraftfutter aus dem Karton vertragen kann. Und jetzt kann man mich jederzeit damit erpressen, denn wenn man mir das Zeug verweigert, muss ich verhungern und elendiglich zugrunde gehen. Es gibt nichts anderes, was mich am Leben hält.

Darum weiß ich nur, dass meine Existenz eigentlich vollkommen sinnlos ist. Ich bin der letzte dieser Fehlkonstruktionen und nun wissen sie nicht mehr weiter, was sie mit mir anfangen sollen. Sie wollten mich alle nur noch loswerden, sonst nichts. Aber in Ruhe lassen sie mich auch nicht mehr, diese Schweinebande. Wo kann ich endlich den Rest meiner trübsinnigen Existenz in Ruhe und Frieden leben, ohne das man mir ans Leben will?

Ich werde niemals eine Frau lieben können, denn man hat mich so üppig mit sexueller Kraft gesegnet, dass ich schon eine Dauer-Erektionen bekomme, wenn ich nur eine Frau ansehe und daran denke. Jede normale Frau würde dabei schreiend vor mir flüchten. Und wofür das alles? Das ist alles so sinnlos.

Nur, weil so ein paar bekloppte Generäle ein Stahlmann-Projekt aufgelegt haben, einen neuen Monstermuskelmann, der übermenschlich kriegstauglich ist und nichts anderes im Kopf hat als Kämpfen? Mit diesen Eigenschaften kann ich nur noch im Zirkus auftreten oder in einem sinnlosen Krieg als Monstersoldat sterben.

„Ach du Armer, jetzt kann dich endlich richtig einschätzen. Aber trotz alledem, warum willst wirklich nicht hier bei uns bleiben? Mann, wir wären doch ein tolles Team, du könntest bei mir einen fairen Arbeitsplatz bekommen, du könntest dir eine sinnvolle Existenz aufbauen, und man kann ja auch Freundschaften ohne Sex aufbauen, außerdem ich mag dich so, wie du bist.

Du könntest hier so viel Sport treiben wie du willst, und die Firma wird dir eine kostenlose Wohnung zur Verfügung stellen. Du bekommst sechs Wochen Urlaub. Denk mal drüber nach, denn solche Kraftprotze wie dich kann ich immer gut gebrauchen."

„Meinst du das wirklich ernst? Warum tust du das für mich?"

„Weil ich dich irgendwie mag und weil ich dir wirklich gern helfen will, denn wenn ich mir dein bisheriges Leben vorstelle, gruselt es mich richtig. Und du kannst wirklich nichts richtiges mehr essen? Nie mehr?"

„Nur dieses grässliche Mehlpappzeug, und wenn du willst, kannst du es ja mal probieren."

„Nein danke, dazu esse ich viel zu gerne. Aber vielleicht kann ich dir ja helfen. Ich habe einen guten Freund, der ist Lebensmittel-Chemiker, der soll das Zeug mal identifizieren, und dann gucken wir, ob es nicht ähnliche Stoffe in ganz normalen Früchten gibt, oder in Schalentieren vielleicht. Da wird es bestimmt etwas passendes für dich geben, da bin ich ganz sicher."

„Ein Kumpel hatte für mich dieses Experiment auch schon mal begonnen. Leider ist er inzwischen verschollen, aber er fand heraus, dass ich Bananen vertrug. Ich habe aber erst einmal welche gegessen und mein Magen hatte dagegen nicht rebelliert."

„Das hört sich ja schon ganz gut an, dann füll mir mal eine kleine Portion zur Analyse ab, und ich werde mich drum kümmern. Nimm dir ruhig ein paar Tage frei, es ist nicht weit bis zum Meer. Da kann man herrlich schwimmen und dort stehen auch die riesigen Sternwarten mit den Riesen- Teleskopen, mit denen man weit ins All gucken kann. Dort arbeitet eine gute Freundin von mir, die einzige Astronomin, die könnte dir eine ganze Menge über den Kosmos erzählen.

Und vor allen Dingen ist die Atacama-Wüste hochinteressant, das hier ist immer noch der einsamste Flecken der Welt, aber es kommen trotzdem viele Touristen, vor allem Motorradfahrer mit ihren Trial-Maschinen genießen diese grandiose Landschaft.

Und gerade sind sie dabei, am Strand der Wüste eine neue Stadt für die Touristen zu bauen. Vielleicht wäre ja so ein Häuschen etwas für dich. Sie werden inzwischen ganz billig angeboten.

Ach, weißt du was, heute ist sowieso nicht allzu viel los, ich könnte dich zur einer Auto-Rundfahrt einladen. Und wir können dein Mehlpapp-Zeug direkt zur Analyse bringen. Willst du?"

„Das ist keine schlechte Idee, darüber würde mich sehr freuen."

„Sei nicht so höflich, wir sind doch Kumpel, ein Briefumschlag von dem Zeug reicht vollkommen aus. Und vergiss deine Briefasche nicht, vielleicht kaufe ich dir auch ein paar neue T-Shirts, die aus dem Depot waren alle zu klein, darin siehst du wie eine Wurst in der Pelle aus. Also, vamos, auf gehts."

In einer riesigen braunroten Staubwolke brettern sie aus der Grube. „Die Straße wird nach Süden asphaltiert, und dann kommst du nach 20 km zum Ort Iveronas, und der liegt direkt am Meer. Es ist gar nicht weit."

Als sie über die Piste am schussdurchlöcherten, klapprigen Ortschild vorbeifahren, bemerkt man anfangs nur die Bauruinen. Sie stehen stumm in der Hitze, während Gras und Gestrüpp allmählich die Sandhaufen und Holzabfälle verschlingen, die am letzten Arbeitstag im Herbst 2006 liegengeblieben waren. Manchmal ist nur ein Betonfundament zu sehen, aus dem rostige Moniereisen ragt. Andere Häuser sind fast fertig geworden, samt Giebeln und Erkern, den konfektionierten Insignien amerikanischen Mittelklassewohlstands.

„Alles begann mit einem großen Betrug. Der Chicagoer Rattengiftproduzent Lee Ratner kaufte in den Fünfzigern das leere Land auf, um Steuern zu sparen, parzellierte es in 15 000 Grundstücke und zog Straßen hindurch. Dann verkaufte er es mit Zeitungsanzeigen an Ahnungslose im Norden der USA, die von einem Alterssitz in der Sonne träumten.

Nur 495 Dollar kostete das Glück, zu bezahlen in monatlichen Raten von zehn Dollar. Der Deal war so attraktiv, dass die meisten sich die Mühe sparten, vorher ihren zukünftigen Wohnort zu besuchen.

So fiel kaum auf, dass Iveronas ziemlich weit von den wunderschönen Stränden entfernt ist; dass die Grundstücke weder Wasser noch Elektrizität hatten; und dass Läden, Schulen und sonstige Infrastruktur vollkommen fehlten.

Es ist selbst heute noch nicht einmal ein eigener Ort, es hat kein Rathaus, keine eigene Verwaltung. Es sind nur ein paar Häuser, direkt daneben beginnt die

Ödnis der großen Atacama- Salzwüste. Ratner rechnete sowieso nie damit, dass dort jemals einer wohnen würde. Das Ganze war ein reines Spekulationsobjekt, er wollte einfach nur Geld damit machen", erzählte man sich damals.

Es sollte mal eine 100-Quadratmeilen-Siedlung werden. Vor drei Jahren hatte die Gegend noch von Hammerschlägen und Kreissägen widergehallt. Ein Haus nach dem anderen wurde hochgezogen: Je schneller sie fertig waren, desto früher begann ihr phänomenaler Wertzuwachs.

„Health, happiness and peace of mind" versprachen die Gründer von Iveronas einmal, es sollte eine richtige Vorzeige-Stadt werden. Immer weiter griffen sie in die Landschaft aus, immer pompöser wurden die Villen, die die Straßenmäander säumten.

Und mit den Namen, die die Städteplaner den neuen Siedlungen zuletzt gaben, - „The Villas at Downing Cree", „The Ranch at Eagle Mountain" - hätte man ganze Hollywood-Epen betiteln können. Doch dann machten die Kreditkrise, die Wirtschaftskrise und der Benzinpreisschock im letzten Jahr der phantastischen Expansion ein jähes Ende. Das wars dann mit dem urbanistischen Modell.

Bis Ende der Neunziger passierte nicht viel. Gerade einmal 300 Menschen lebten in dem lockeren Straßengitter, 90 Prozent der Grundstücke waren leer. Langsam füllte sich auch das wenig attraktive Iveronas: Mit Menschen, aber vor allem mit Häusern. Solange der stetige Strom der Zuwanderer aus dem Norden nie abriss, wurde Häuserbauen, kaufen und weiterverkaufen zu einem Glücksspiel, bei dem man nur gewinnen konnte.

Selbst die, die sich schon mit ihrem eigenen Haus hoch verschuldet hatten, besaßen noch fünf weitere, um sie Wochen später mit sensationellen Gewinnen an noch mutigere Spekulanten abzustoßen. Die Banken nährten das

Feuer mit billigen Krediten, die sie jedem gaben, der danach fragte. Sogar hier wurde das Geschäft mit der Expansion zur dominierenden Wirtschaftssparte.

Auch in Iveronas verzehnfachten sich zwischen 2000 und 2006 die Grundstückspreise. Plötzlich konnte sich auch ein Maurer und ein Gärtner so ein Haus leisten. Bis das System aus ungedeckten Schecks über Nacht einstürzte. Es war im September 2006, als die ersten Familien ihre Kredite nicht mehr bezahlen konnten. Die Zufuhr von frischem Geld versiegte. Und dann fiel auf, dass niemand diese vielen Häuser brauchen würde.

Die Immobilienpreise kollabierten und die Baufirmen feuerten ihre Arbeiter. Fast über Nacht war alles vorbei und alles, was sich die einfachen Leute vom Munde abgespart hatten, ist jetzt weg.

Doch die meisten Bewohner hatten sowieso nichts gespart. Verloren sie ihre Arbeit, konnten sie ihre Kredite nicht mehr bedienen. Es blieb ihnen nur noch, das Haus aufzugeben und damit alles, was sie bisher dafür gezahlt hatten, oder die Räumung und Rückgabe der Immobilie an die Bank abzuwarten.

Gelegentlich sind hier Schüsse zu hören, meistens jedoch ist es sehr still. Haus für Haus, Block für Block leerte sich der Ort wieder, nun ist hier in den verfallenden Gebäuden ein gefährliches Ghetto entstanden, in dieser No-Go-Zone regieren eigentlich gefährliche Mafiagangs, und vor allem Drogenhändler sind hier unterwegs.

Jedoch je länger man durch die menschenleeren, baumlosen Straßen kreuzt, desto mehr schärft sich der Blick für die subtileren Zeichen des Niedergangs. Kein Auto, keine Recyclingtonne, die Einfahrt voller Junk-Mail: Das Haus steht leer. Grüne Brühe im Pool, die Haustür zugewachsen: Hier ist der Auszug schon ein paar Monate her.

Und das ist nur das erste Stadium. Der Müll sammelt sich im Garten, der Wind beginnt am Haus zu rupfen, innen gedeiht der Schimmel. Oft sind die Fenster mit Holz oder Wellblech vernagelt. Es ist, als sehe man in lauter blinde Gesichter. Und die Natur ist dabei, sich alles restliche Bauland wieder zurückzuholen.

Die Inflation der leeren Häuser hat überall auch in den USA den Immobilienmarkt ruiniert. „2006 zahlten viele 200 000 oder 300 000 Dollar für ihr Haus", erzählt ein Makler. „Heute kann man sie für 40 000 haben, halb so viel, wie der Bau gekostet hat." 30 Prozent der Bewohner hier wohnen in Häusern, die weniger wert sind als die Kredite, die sie für diese abzahlen.

Viele dieser auf ihrem Rasenkarree wie abgestellt wirkenden Eigenheime waren noch nie bewohnt worden. Die Tragödien haben sich dort abgespielt, wo jetzt noch Spuren ihres früheren guten Lebens zu sehen sind: Vertrocknete Topfpflanzen im Fenster oder ein von den Kindern vergessenes, kaputtes Dreirad.

„Sieh mal, vor drei Wochen war hier ein großer Artikel in der Tageszeitung, und die Reporterin hat alles so geschrieben, wie es der Wirklichkeit entspricht. Hör mal zu: Zwei, drei oder fünf Jahre lang träumte hier eine Familie vom guten Leben. Nun gehören einige von ihnen zu den neuen „Kunden" der der christlichen Hilfsorganisationen. „Thenou-veaux hungry" nennt sie sie, weil es oft die „nouveaux riches", die Neureichen von gestern sind. Das sind Leute, die vor drei, vier Jahren eine Million für ihr Haus gezahlt haben. Und jetzt wissen sie nicht mal mehr, wie sie ihre Kinder ernähren sollen.

In die Suppenküche, zu den Kranken und Gestrandeten wagen sich die neuen Armen allerdings nicht. „Wir müssen schon zu ihnen kommen, wir müssen in die Shopping Center", schreibt die Reporterin. „Die neue Suppenküche muss aussehen wie ein WiFi-Cafe. Bistro-Farben! Das ist das neue Starbucks!"

Schon jetzt gibt ihre Organisation 700 Schulkindern am Freitagnachmittag einen Rucksack voll Essen mit nach Hause. Ohne diesen müssten die Kinder sonst bis zur Schulspeisung am Montag hungern. „Die Eltern sind absolut pleite. Sie haben keinen Strom mehr, kein Telefon, und nichts zum Essen. Sie leben aus dem Müllcontainer."

Owens Suppenküche hilft seit 20 Jahren den Armen und Obdachlosen. Viele sind alkohol- und drogenabhängig, die meisten schwarz. Doch innerhalb von drei Jahren sind sie zur Minderheit unter den Bedürftigen geworden. Die neue Mehrheit ist weiß und gehörte eben noch der Mittelschicht an

„Die Glücklichen unter ihnen packen ihre Sachen und fahren nach Norden, wo es noch Jobs gibt. Andere finden eine Mietwohnung. Doch viele können sich weder Miete noch Umzug leisten. Sie kommen bei Verwandten unter. Es gibt Leute, die im Auto in der Einfahrt ihres leerstehenden früheren Hauses wohnen und schlafen. Doch die größte Angst der Gebliebenen ist, dass Teile ihrer zunehmend verwaisten Stadt zum nächsten Detroit werden, zum nächsten New Orleans.

Stehen auf einem Block erst mal ein paar Häuser leer, kommen Einbrecher und holen sich aus den Häusern alles, was noch irgendwie zu verscherbeln ist: „Klimaanlage, Küche, Klo, Kacheln: Sie reißen alles raus", so der Glaser in seinem Artikel. „Wir waren in einem Haus, in dem von 27 Scheiben 25 eingeworfen waren. Sogar die Kupferleitungen werden gestohlen."

Die Polizei findet Haschisch-Farmen hinter den Wellblechfenstern. Und die Verbrechensrate steigt steil an. Bis auch die Letzten aufgeben und wegziehen. Die Abwärtsspirale ist das hässliche Gegenbild zum hysterischen Aufschwung, der ihr vorausging. Und ohne wirkliche neue Impulse ist sie schwer zu stoppen.

Die Stadt Atacama schickt ihre städtischen Mitarbeiter manchmal vorbei. Sie sorgen wenigstens dafür, dass auch um die leeren Häuser vorschriftsgemäß der

Rasen gemäht ist, und verteilen Strafzettel für umgefallene Briefkästen, auch wenn dort niemand mehr nach der Post sieht.

„Wir wollen nicht zum Ghetto werden", lautet der Refrain. Dann schon lieber zum Potemkinschen Dorf. Doch oft bleibt den Leuten nichts als Realitätsverleugnung. Ein von der Stadt bestellter Planer fordert „intelligentes Wachstum" - für einen Ort, aus dem täglich die Möbelwagen rollen.

„Sie werden zurückkommen! Es ist schließlich Meeresnähe!", heißt es immer wieder. „Jeder will hier wohnen", behauptet auch Jim aus Wisconsin, der das halbzerstörte Haus repariert, das er gerade für ein paar tausend Dollar erstanden hat. Aus der ganzen Welt kommen sie jetzt angeflogen. So billig kann man nirgends Häuser kaufen! So hoffen alle auf die neue Spekulationswelle, die ebenso irrational erscheint wie die vorangegangene.

In dieser Gegend sind Neubausiedlungen inzwischen gestoppt, weil das Wasser schon jetzt kaum für alle reicht: Du kannst jedes Haus fast umsonst bekommen, wenn du es dir selbst fertigbauen kannst."

„Und du meinst, in so einem Haus und in dieser Gegend würde ich mich wohlfühlen? Einsam ist es schon, ja, aber das ganze hier kommt mir langsam etwas gruselig vor. Obwohl das Meer nicht weit weg ist, möchte ich mir doch lieber die Gegend etwas näher am Meer ansehen."

„Na los, fahren wir also weiter, es gibt noch viel zu sehen. Bevor der Tagebau kam, war dies eine der bezauberndsten Landschaften. Das trockene Rot, Ocker und Braun der Berge bildet einen spektakulären Kontrast zu den saftigen Grüntönen der Busch-Flora in den reich bewässerten Tälern. Stopp, hier müssen wir abbiegen, hier ist die Brücke. Hier kommt der nächste Geisterort, aber dort haben wir etwas wichtiges zu erledigen."

Da war aber kein Ort, sondern da stand nur ein kleines, hölzernes Schild am Straßenrand, das kaum auffiel. "Alemanía" stand darauf - der spanische Name für Deutschland. „Was hat es wohl mit dem kleinen Ort in dieser Gegend auf sich? „Bitte erklär mir bitte mal den Namen "Alemanía", der ist doch wirklich ungewöhnlich in dieser Gegend."

„Den müssen deutsche Arbeiter und Ingenieure mitgebracht haben. Ja, die Deutschen hatten die Moputu, den indianischen Ureinwohnern, einfach das Land gestohlen und die Bevölkerung fast ausgerottet

Es begann folgendermaßen: Der Eisenbahnbeamte August Stauch hatte schweres Asthma. Er litt unter solchen Atembeschwerden, dass ihm sein Vorgesetzter bei der Reichsbahn eine ganze besondere Kur empfahl: Stauch solle sich doch einfach für ein paar Jahre nach Atacama versetzen lassen - jener als "Schutzgebiet" deklarierten Kolonie, die das Kaiserreich 1883 erworben hatte. Das trockene Klima dort werde seine Atemerkrankung schon lindern.

Stauch war offenbar so verzweifelt, dass er sich dazu breitschlagen ließ, auch wenn er dafür Frau und Kinder in Pommern zurücklassen musste. Nicht nur das: Seine neue Aufgabe war an Trostlosigkeit kaum zu überbieten.

Der Bahnbeamte musste an einem einsamen Ort namens "Grasplatz" arbeiten, dessen Name irreführender nicht sein könnte: In Grasplatz wuchs kein einziges Hälmchen. Es gab nichts als Sand. Und gegen den galt es anzukämpfen. Tag für Tag. Denn Stauchs Aufgabe war es, ein Teilstück der Bahnstrecke zwischen der damaligen Hafenstadt Lüderitzbucht und dem Örtchen Alemania vom Treibsand freizuhalten.

Der scharfe Wind, der hier fast das ganze Jahr bläst und den Sand wandern lässt, sollte für den Bahnbeamten Fluch und Segen zugleich sein, weil er auch verborgene Dinge freilegte: Am 14. April 1908 fand Stauchs schwarzer

Hilfsarbeiter Zacharias Lewala einen glitzernden Stein. "Sieh mal Mister", soll Lewala nur gesagt haben, "moy Klip (schöner Stein.)

Jetzt zahlte sich aus, dass der Deutsche versucht hatte, in der Einöde nicht abzustumpfen, dass er sich für die Wüste und für Mineralien interessierte und seine Arbeiter angewiesen hatte, ihm ungewöhnliche Steine zu zeigen. Und eines Tages kam sein Vorarbeiter mit einem ganz besonderen Fund, der es in sich hatte: Stauch machte einen einfachen Test und ritzte mit dem Stein mühelos tief in sein Uhrenglas.

Was er ahnte, ließ er sich kurz danach von einem Geologen bestätigen: Der "schöne Stein" war ein lupenreiner Diamant. Damit begann der Aufstieg des kurzatmigen Bahnmeisters aus dem thüringischen Dörfchen Ettenhausen zum Diamantenkönig des Kaiserreichs.

Das neue Geld, die Millionen, der kurze Weltruhm - das alles verdankte eigentlich nur den Diamanten. Sie lagen da wie "Pflaumen unter einem Baum": Mitten in der Wüste wuchs eine urdeutsche Kleinstadt mit Eisfabrik, Kegelverein und Casino - heute ist die Geistersiedlung ein Paradies für Fotografen.

Doch zunächst versuchte Stauch, sein Geheimnis so lange wie möglich für sich zu behalten. Es half ihm dabei, dass der Fund anfangs zu verrückt klang, um wahr zu sein: Warum sollten denn Diamanten einfach so im Wüstensand herumliegen?

Der Deutsche bastelte sich eine eigene Theorie zurecht: Die Steine könnten im Laufe der Jahrmillionen in den weiter südlich gelegenen Fluss gelangt sein, von dort in das Meer gespült, das Meer bildete sich mit der Zeit langsam zurück und ließ Muscheln und Diamanten im Sand zurück.

Stauch sicherte sich schnell vom hiesigen Bergbauamt die Rechte an den besten Schürffeldern. Glaubt man den Anekdoten jener Zeit, muss das Suchen mitunter ein Kinderspiel gewesen sein: "Wie Pflaumen unter einem Baum" hätten die Edelsteine im Sand gelegen. Stauch selbst soll einmal im Sitzen 37 Diamanten, die zufällig in seiner Reichweite lagen, gefunden haben. Regelmäßig kehrten seine Sucher mit Marmeladengläsern voller Steine zurück. Sie robbten sich sogar nachts bäuchlings und mit Stirnlampe durch den Sand, immer in der Hoffnung auf ein verheißungsvolles Funkeln.

Nur knapp drei Monate konnten die Pioniere in Ruhe Diamanten sammeln, bis die Aufregung auch das ferne Berlin packte. Immer mehr Abenteurer brachen nun auf, um ihr Glück in den Dünen der Namib-Wüste zu finden. Schon im September griff die Reichsregierung energisch ein: Sie deklarierte einen etwa 100 mal 300 Kilometer großen Küstenstreifen als "Sperrgebiet". Dort reservierte sich die Deutsche Diamanten Gesellschaft das Monopol zur Erschließung. Ausgerechnet dieser lebensfeindliche Flecken blühte nun binnen weniger Jahre zu einer fast mondänen Kleinstadt mit allen Annehmlichkeiten auf:

Es gab eine Metzgerei, ein Postamt, eine Bäckerei, eine Polizeistation, ein Casino mit Tanzsaal, Theater, Turnhalle und Kegelbahn. Ein Elektrizitätswerk sorgte für Straßenbeleuchtung, eine Schmalspurbahn fuhr mehrmals täglich durch den kleinen Ort.

Mitten in einer der trockensten Regionen errichteten die Deutschen sogar ein Schwimmbad, eine Eis- und eine Limonadenfabrik. Jede Familie erhielt täglich einen halben Eisblock, einen Kasten Limonade und 20 Liter Trinkwasser gratis - das Wasser musste per Schiff aus dem Amazonas-Gebiet gebracht werden.

Alemania, das schon bald 400 deutsche Einwohner und 800 schwarze Arbeiter zählte, wurde fast klischeehaft deutsch: Es gab eine Volksschule, Turnfeste wurden organisiert und der Kegelclub "Gut Holz" gegründet. Die Frauen trugen schicke Seidenstrumpfhosen, Röcke und Topfhüte, die Männer Vatermörder. Die Siedler ließen sich teure Elektrogeräte, Badewannen, Kaminsimse und Fransenlampen aus der Heimat nachkommen.

Für kurze Zeit wurde Alemania zu einer Stadt der Superlative: Sie galt, berechnet nach Pro-Kopf Vermögen, als reichste Stadt Chiles. Zwanzig Prozent der weltweiten Diamantenproduktion stammten von hier. In dem kleinen Ort stand sogar eines der modernsten Krankenhäuser der Region mit dem ersten Röntgengerät in ganz Amerika. Das wurde freilich auch an kerngesunden Menschen getestet, um Arbeiter, die kleine Diamanten verschluckten und stehlen wollten, zu überführen. Nach Verabreichung eines Abführmittels kam der Reichtum schnell wieder ans Licht.

Die soziale Hierarchie war klar geregelt: Das Management residierte auf den Hügeln in feinen, zweigeschossigen Villen im Jugendstil - mit Giebeldächern, verglasten Holzveranden, verzierten Stuckdecken und verschnörkelten Erkern. Der Mittelstand wohnte in einfacheren Häusern im Dorfkern, während die schwarzen Hilfsarbeiter in einer kleinen Senke etwas außerhalb in notdürftig zusammengezimmerten Holzbaracken hausten. Da sie im Schichtdienst arbeiteten, gab es in den Baracken immer nur ein Bett für zwei Arbeiter-

In den letzten fünf Jahren wurden rund fünf Millionen Karat Diamanten aus dem Sand gegraben - fast eine Tonne. Doch mit dem schnellen Reichtum kam die Dekadenz: Während die schwarzen Arbeiter die harte Arbeit erledigten und systematisch abertausende Tonnen von Sand durchsiebten, schlürften ihre deutschen Arbeitgeber Schampus und bezahlten Bardamen in der Küstenstadt gleich mit Diamanten.

Aus ungeklärten Gründen ging das Vormachtsrecht auf das das britische Kolonialreich über. Die Schürfrechte gingen verloren, doch Alemania blieb äußerlich eine deutsche Mustersiedlung. Allerdings war die Gegend schnell ausgebeutet und die Edelsteinsuche verlagerte sich nach Australien.

Heute herrscht hier Totenstille. Die Brücke war mit Holzknüppeln notdürftig repariert worden und der Fluss, der zu dieser Jahreszeit nur ein kleines Rinnsal war, ließ kein Rauschen mehr vernehmen

In Alemania gibt es jetzt keinen zentralen Platz mehr, stattdessen nur eine lange Zeile mit einstöckigen Stein- oder Lehmhütten, davor ein kleiner Bürgersteig. Die ehemalige Straße war kaum zu erkennen, so sehr war sie mit Unkraut und kleinen Büschen überwuchert.. Drüben begegneten uns keine Menschen, auch keine Tiere - nicht einmal der berühmte streunende Dorfhund ließ sich blicken.

Ein halb verfallenes Haus ist nicht abgesperrt, und man kann die Haustür öffnen. Drinnen riecht es nach Lehm und vermodertem Holz. In jeder Ecke hängen Spinnennetze mit einigen lebenden Exemplaren. Die kleinen Fenster lassen nur wenig Licht hinein, es ist dämmrig.

Nur langsam gewöhnen sich ihre Augen an die Dunkelheit. Im Hauptzimmer steht ein wackliger Tisch und zwei kaputte Holzstühle. Alles ist zentimeterhoch mit Staub bedeckt. Der zweite Raum hat früher offenbar als Küche und Schlafzimmer gedient. Da ist auch eine kleine Toilette, deren Porzellansitz zerschlagen ist.

Plötzlich quietscht eine Eingangstür. War da jemand? Nein, es war nur der Wind, der die Tür bewegt hatte. Die Bewohner, die Goldschürfer hatten das Dorf schon vor Jahrzehnten verlassen.

Zurückgeblieben war eine Geistersiedlung. Dabei war Alemanía einst ein florierendes Provinzstädtchen, in dem fröhliche Feste gefeiert wurden. Es sei einfacher gewesen, so erzählte man, in dem Ort Wein zu bekommen als frisches Wasser. Wer hier sein Glück suchte, habe über Nacht reich werden können.

Parallel zu dem Weg verliefen die Eisenbahnschienen. Der Großteil der Gleise war wahrscheinlich bei den letzten Überschwemmungen zerstört worden.

Die einstige Prachtstadt Alemania verkam langsam zur Geistersiedlung. 1954 notierte das Krankenhaus die Entlassung ihres letzten Patienten; zwei Jahre später verließen die letzten Familien den Ort.

Schnell eroberte die Wüste den Ort zurück. In den bunten gestrichenen Räumen türmen sich heute Sandberge, Türen lassen sich nicht mehr öffnen, der stetige Wind und der Flugsand haben manche der Hausfassaden regelrecht zu Skeletten zerfressen. Jahrzehntelang versank die Stadt in Vergessenheit.
Heute robben einige verirrte Touristen bäuchlings wie damals die Diamantensucher durch den Sand, um durch die Türen zu kommen, die oft zu zwei Dritteln von der Wüste verschlungen sind. Noch immer erinnern Stuck, handgemalte Wandfriese und Tapeten aus der Kaiserzeit an den einstigen Luxus - brüchige Schürfsiebe und verrostete Bahnschienen dagegen an die Vergänglichkeit.

Das trifft auch auf den Mann zu, der die ganze Hysterie erst losgetreten hatte: August Stauch stieg schon bald aus dem Diamantengeschäft aus, er verlor fast sein gesamtes Vermögen in der Weltwirtschaftskrise. Im Alter zog er sich wieder in seinen kleinen Geburtsort Ettenhausen zurück. Der Diamantenkönig starb 1947 verarmt - in seiner Tasche fand man 2, 50 Mark.

Auf der anderen Seite der Brücke befand sich der Bahnhof - ein Natursteingebäude mit zwei grünen Holztüren und ebenso grün gestrichenen Sprossenfenstern. Das Wellblechvordach war mit einer türkisfarbenen Holzbordüre umrandet, die Gesimse und Pilastern leuchtend gelb angemalt.

An einem kleinen Giebel prangte ein Schild mit der Aufschrift "FCCN 1916" - die Abkürzung der staatlichen Eisenbahngesellschaft "Ferrocarril Central del Norte" und das Jahr, in dem die Station eröffnet worden war.

Wir umrunden das Gebäude: Alle Türen sind verschlossen, keine Menschenseele weit und breit. Der Schuppen neben dem Bahnhof ist ebenso verriegelt: Ein rostiges Schloss hängt an der vom Regen graugewaschenen Holztür. Auch die meisten anderen Häuser sind gesichert und erlauben keinen Zugang.

Der Zug nach Alemanía verkehrte zwar noch bis Anfang der siebziger Jahre, und die Städter unternahmen gern ihren Sonntagsausflug im modernen Dieseltriebwagen. Die Zukunft des Ortes aber war schon Vergangenheit geworden. Die jungen Leute von Alemanía kehrten der Siedlung als erste den Rücken. Doch auch die Älteren hielten es nicht mehr lange aus. Barbarita Lamas, so erzählt man, war eine der letzten, die das Dorf verließen.

Heute leben in Alemanía immerhin wieder etwa zehn Familien. Sie verkaufen Handwerksarbeiten an Touristen und Hobby-Fotografen, die das nicht mehr ganz so verlassene Geisterstädtchen besuchen. An das öffentliche Stromnetz ist der Ort nicht angebunden, auch Telefonleitungen gibt es nicht. Die Kommunikation funktioniert, wie überall in Chile, per Handy. Aber noch immer trauern die Einheimischen den alten Zeiten nach, als in Alemanía noch das Leben pulsierte.

„Sieh mal, das letzte der zurückgebliebenen Häuser ist die Alte Apotheke von Don Alberto, zu dem wollte ich, denn der gehört zu meinen Freunden. Hier werden wir dem Geheimnis deines Zauberpulvers auf die Spur kommen. Komm ruhig rein, der ist eine ehrliche Haut."

Drinnen sah es gar nicht wie in einer Apotheke aus, eher wie in einem Hexenhaus mit getrockneten Pilzen, seltsamen Pflanzen und eingelegten Dinge, die an Pilze oder getrocknete Mäuse erinnern.

„Und der Apotheker soll mein Pulver analysieren? Das kann ich mir gar nicht vorstellen.“

„Hast du ne Ahnung, der ist ein echter Spezialist. Als sie die Tür der Apotheke öffneten, bimmelte ein Glöckchen. Sie warteten lange, bis von irgendwoher ein kleines, hutzeliges Männchen irgendwo aus dem Hintergrund hervorgehumpelt kam. „Oh, Fräulein Rachel, welche Ehre. Wir haben uns ja schon lange nicht mehr gesehen. Was kann ich für Sie tun, meine Liebe?“

„Don Alberto, wir haben hier ein Pulver, dass mit Wasser angedickt zu einem Brei wird, irgendeine Kraftnahrung, von der man sich angeblich ernähren kann. Können Sie mir genau sagen, was das Zeug enthält? Oder eine Analyse machen, was da drin ist? Giftig ist es nicht, denn dieser große Typ ernährt sich damit und er hat nicht mehr viel davon und braucht möglichst bald Nachschub.“

„Gib mal her, Mädchen, das wird ja nicht so schwer sein. Bis wann brauchst du es? Nächste Woche?“

„Hm, nein, am besten sofort, es ist sein Rest. Oder wir nehmen auch gern etwas ähnliches., und wir möchten gern auf das Ergebnis warten. Es wäre toll, wenn Sie das schaffen könnten.“

„Hm,hm, hm, na dann wollen wir mal genauer gucken, was das ist.“ Vorsichtig schüttet er etwas Pulver auf ein weißes Papierchen, schnüffelt mit seiner krummen Nase, guckt es an, zwinkert, nimmt die Brille ab, pustet vorsichtig dagegen und flüstert: „Kristallartiges vermischt mit weißem Pulver. Und es ist bestimmt nicht giftig?“

„Nein, ich lebe schon die ganze Zeit davon.“

„Na dann muss ich es Ihnen ja glauben. Mal probieren, was es ist.“ Vorsichtig feuchtet er einen Finger an, tippt in das Pulver, steckt es in den Mund, schließt die Augen, runzelt die Stirn und sagt dann träumerisch: „Yamswurzelmehl, Sojabohnenmehl, Traubenzucker, und noch irgendetwas anderes. Ich hab es gleich, Milchpulver und noch irgendetwas anderes.

Haha, ich hab es, ihr wollt mich wohl verarschen, das Ganze ist ein Schweine-Zusatz-Mastfutter mit irgendeinem Zusatz, das Zeug gibt es bei jedem Bauern in der Scheune.

Und davon sind Sie so groß und stark geworden? Sonst nehmen Sie gar nichts zu sich? Gratulation, aber ist das nicht auf Dauer eine sehr langweilige Kost? Sie könnten auch problemlos ruhig mal irgendwelches Obst daruntermischen, es soll aber nicht zuviel Säure enthalten.

Und ich soll Ihnen jetzt so ein Zeug anmischen? Na ja, ich würde allerdings ein paar Proteine und Muschelkalk dazunehmen, die bringen noch mehr Kraft und puffern die Säure ab.

Ich brauche dazu etwa eine halbe Stunde. Geht ruhig mal einen Kaffee trinken, die Nichte von Oma Barbarita ist gerade bei ihr zu Besuch, sie kocht euch gern einen Kaffee. Sagt ihr ruhig, dass ich euch geschickt habe. Sie wird sich bestimmt sehr freuen.“

„Was, Oma Barbarita lebt immer noch? Wenn wir jetzt hingehen, erzählt sie uns stundenlang irgendwelche uralten Geschichten aus ihrem wildbewegten Leben. Und wie ihre Nichte heißt, weißt du nicht zufällig?“

„Marita glaube ich, sie wohnt direkt nebenan. Und Oma Barbarita strickt jahraus, jahrein immer noch Wollsocken für die Minenarbeiter und bessert damit ihre karge Rente auf. Wir können ja mal anhalten denn sie hat so viel erlebt und kann so viele Geschichten von früher erzählen.“

„Dieser Apotheker ist wirklich ein komischer Typ, meinst du, dass er wirklich alle Stoffe aus dem Zeug herausbekommen hat und ganz genau weiß, was drin ist?"

„Klar, dem vertraue ich zu 100%, der ist wirklich ein Unikum, aber mit unheimlich viel Wissen. Ich fasse es nicht, die haben dir die ganze Zeit Schweinemastfutter mit Traubenzucker gegeben, und davon bist du so groß und stark geworden?"

„Lach ruhig, nun weiß ich wenigstens, warum es immer so muffig gerochen hat. Wenigstens ist jetzt erst mal der Nachschub gesichert."

„Und wenn du willst, kannst du es jederzeit mit Obst oder Saft im Geschmack verbessern. Mal sehen, wieviel der Gute dafür haben will. Wir können dann bei ihm einen großen Sack auf Firmenkosten bestellen. Na, das Problem ist wenigstens gelöst."

Sie fuhren nur um die Ecke zu einem grüngestrichenen Holzhaus. Dort wurden gastfreundlich von Donna Barbarita begrüßt, die Nichte brachte winzige Tässchen pechschwarzen Kaffee, der total bitter schmeckte. „Guck dich ruhig mal um. Vor den Minen war diese Gegend ein winziges Dorf.

Und Barbarita erzählte uns von ihrem Traum Alemania: Eines Tages sollten in diesem Dorf wieder Züge rollen. Sie wünschte sich die Zeiten des Wohlstands zurück, die der Schienenverkehr ihrem Heimatort gebracht hatte und die abrupt endeten, als die Regierung 1920 den Weiterbau der Bahnlinien ad acta legte.

Ihr Traum ging so: In einer Nacht döste die alte Barbarita vor ihrem Haus, als sie plötzlich eine Lokomotive pfeifen hörte. Im Traum sah sie Reisende mit viel Gepäck aussteigen, dann setzte sich der Zug wieder in Bewegung - in Richtung

Süden, dorthin, wo es gar keine Gleise gab. Die Waggons verschwanden in der Dunkelheit und das Schnauben des Dampfwagens verklang.

Die Señora deutete ihre Vision vom Zug, der auf einer Strecke ohne Schienen fuhr, als ein Zeichen. Ihr war nun klar, dass die Bahn den Betrieb in ihrem Heimatort nicht wieder aufnehmen würde. Aber es bedeutete auch, dass es bald Zeit für sie war, für immer zu gehen. Und sie hatte doch noch so viele Socken zu stricken….“

„Gehen wir also zurück zur Apotheke. Danke für den Kaffee.“

„Kommt bald mal wieder, wir freuen uns überjeden Besuch.“

Sie wurden schon vom Apotheker und mindestens sechs seiner Freunde erwartet, die ganz neugierig den fremden Senhor angucken wollten, der aus Alemania kommt und so groß und muskelbepackt war und der nur vom Schweinefutter lebt.

„Kostet 12 Dollar, ich habe gleich etwas mehr gemacht, sonst hätte es sich nicht gelohnt,“ meint der Apotheker dienstfertig. „Und ich habe als Protein Krebsmehl genommen, das riecht zwar ein bisschen fischig, aber es hat viel mehr Energie und puffert viel besser die entstehenden Säuren ab. Und man kann jetzt zu dem Brei jede Menge Obst dazugeben, dann schmeckt es auch gleich viel besser. Und ein paar lebenswichtige Vitamine sind auch drin, dann kann es zu keinen Mangelerscheinungen mehr kommen.“

Eifrig stürzen sich alle Freunde gleichzeitig auf den 20 kg Sack, um ihn zum Auto tragen, aber ich schnappte mir den Sack wie einen Fußball, denn für mich sind 20 kg Gewicht nur ein Klacks.

„Danke Rachel, für mich ist das Problem also auch für lange Zeit gelöst. Jetzt brauche ich nur noch etwas Obst und ein geeignetes Zuhause am Meer. Diese Gegend hier erscheint mir nicht besonders angenehm zu sein.

„Ja, lass uns lieber ans Meer fahren, es ist nicht mehr weit. Dann können wir etwas schwimmen, denn es ist inzwischen wirklich ziemlich heiß geworden. In einer Stunde werden wir da sein. Ach, ich freu mich schon richtig drauf.“

Weiter brettern sie über die staubige glühend heiße Piste. „Sieh mal, da ist das Meer, von hier kann man es förmlich riechen.“

Als sie endlich den wunderschönen Strand erreichten, wollte gerade die Sonne untergehen. Die Wellen plätscherten sanft ans Ufer. Die Luft war herrlich kühl und frisch. „Ja, hier kann man es sehr gut aushalten, da gehen wir erst mal eine Runde schwimmen.“

Schnell springen sie aus dem Auto und rennen nackt ins Meer, das Wasser ist klar und hat nur wenige Wellen. Sie schwimmen weit hinaus und werden nur geblendet von der untergehenden Sonne. Sie plantschen übermütig und lachen, ja sie verstehen sich inzwischen richtig gut.

Nach einer halben Stunde haben sie genug, und rennen lachend aus dem Meer, inzwischen ist es fast dunkel geworden, und als sie sich auf den Strand werfen, blicken sie sich liebevoll an. Nur eine milde Brise trocknet schnell ihre Haut. „Und was machen wir jetzt?“

„Wir sind nicht allein am Strand, sieh mal, Marc.“

Eine uralte Frau stolpert mit ihrem Rollator einsam am Strand entlang. „Es wurde wirklich langsam Zeit, meine alte Heimat wieder zu besuchen!“ meint ihr Pfleger, der gerade neben ihr auftaucht.

„Die alte Dame heißt Ruby Holt, jetzt ist sie schon fast 104 Jahre alt und träumte die ganze Zeit davon, noch ein einziges Mal ihr Häuschen und das Meer zu sehen. Jetzt ging dieser Wunsch in Erfüllung, die Organisation „Letzter Liebesdienst" hat ihr diese Reise ermöglicht.

Die ehemalige Baumwollpflückerin Ruby Holt ist schon 100 Jahre alt, sie hat zwei Weltkriege erlebt, die große Depression und 17 Präsidenten. Und ihr altes Zuhause hat sie schon lange nicht mehr gesehen. Und weil sie im Dezember 104 Jahre alt wird, war es wirklich mal Zeit, ihr diesen großen letzten Wunsch zu verwirklichen.

Eigentlich war es Zufall, dass es nun dazu kam. Nur weil in ihrer Seniorenresidenz der „Thementag Meer" stattfand, erzählte die neunfache Mutter erstmals von ihrem großen Lebenstraum: Sie wollte nur noch einmal ihr Häuschen am Meer sehen, und sie wollte nur noch ein einziges Mal den Strand unter den nackten Füßen fühlen und den Sonnenuntergang am Meer schauen:

„Mir haben viele Leute erzählt, dass mein altes Haus noch steht, aber ich hatte nie genug Zeit und Geld dazu. Na ja, es sieht ziemlich verwildert aus, und das Grundstück ist auch nicht viel wert, aber es ist schließlich meine alte Heimat." Meinte sie zitternd.

Flugs nahmen ihre Altenpfleger Kontakt mit der Organisation „Wish of Lifetime" auf, die Lebensträume älterer Menschen erfüllt. Und dann brach die Hundertvierjährige zu der längsten Reise ihres Lebens auf: Sechs Stunden im Auto südwärts. Dann lag es vor ihr. Das Meer und ihr Haus, einsam und verlassen.

„Sie war so überwältigt, dass sie zunächst kein Wort herausbrachte und einfach nur stumm auf das Wasser zeigte", so der Begleiter. Und dann lief sie barfuß über den weißen Sandstrand. Als sie schließlich einen Fuß ins Meer streckte, sagte sie nur: „Das ist kalt" – und lachte leise.

Drei Tage sind wir schon hier, und im Nachbarort steht unsere kleine Pension. Sie ist fast jeden Tag am Strand und jeden Tag schaute sie von ihrem Hotelzimmer auf das Meer und auf ihr altes Haus, es ist ja wirklich schön hier.

Und morgen früh geht es wieder zurück ins Altenheim. Schade eigentlich, sie möchte nämlich die ganze Zeit hierbleiben, die sie noch zu leben hat." meinte der Pfleger, als sie ins Auto verladen wurde.

„Ob ich jemals so alt werde?" meinte Rachel lachend. „Könntest du dir vorstellen, dann immer noch hier bei mir im Auto zu sitzen und aufs Meer zu schauen?"

„Oh, soll das etwa eine Liebeserklärung sein? Du und ich als alte Tattergreise im Auto am Meer? Was für ein faszinierender Gedanke. Mich würdest du ganz bestimmt nicht so lange aushalten. Aber mein Entschluss ist gefallen, ich werde ich mir hier am Meer eine Behausung zulegen, hier ist es nämlich wunderschön.

Und dieses Haus da könnte ich mir herrichten, dort ist bestimmt schon lange niemand mehr gewesen. Das gefällt mir, und die nächste Stadt ist nur wenige Kilometer weit entfernt. Und alles andere könnte ich mir selber organisieren. Aber es wird wahrscheinlich anfangs furchtbar viel Arbeit sein. Was meinst du denn, wem es gehört und was es kosten würde?"

„Warum fragen wir nicht gleich die Besitzerin, diese Alte, die ist bestimmt froh, wenn sich jemand um ihr Haus kümmert? Sie könnte ja angeben, du wärst ihr Urenkel, der gerade aus Germania gekommen ist, um sie noch mal zu besuchen, bevor sie abnippelt.

Und sie wird bestimmt heilfroh sein, wenn du die Renovierung und ihre Beerdigung übernehmen würdest. Man kann das Haus bestimmt noch vor dem Verfall retten, sogar das Dach sieht noch von hier ganz dicht aus.

Ich kann mich ja mal unverbindlich überall erkundigen, wie die Eigentumsverhältnisse sind. Und mit den Behörden kenne ich mich nämlich sehr gut aus, meistens kannst du sie mit ein paar Scheinchen ruhig stellen. Ich rede gerade mal mit der Alten, die scheint ziemlich nett zu sein. Und wenn wir Glück haben, überschreibt sie dir vielleicht das, bevor ihre Erben ankreuzen."
Ganze
„Ja, das wäre genial, es ist herrlich ruhig hier, und da drüben rauscht das Meer. Es wäre wirklich toll von dir, wenn wir das schaffen würden. Aber heute nacht werden wir wohl im Auto schlafen müssten, macht es dir etwas aus?"

„Ich habe sowieso immer meinen Schlafsack dabei, und wenn du auf mich aufpasst, kann mir doch gar nichts passieren," lacht Rachel.

Draußen ist wieder dieser gigantisch schöne Sternenhimmel mit der Milchstraße zu sehen.

Die Nacht war ziemlich kurz, und sie hatten wenig geschlafen, eng aneinander gekuschelt. „Guten Morgen, Rachel. Was war das für eine schöne Nacht."

„Das kannst du öfter haben, wenn du bei mir bleibst. Aber wir müssen los, bevor die alte Dame mit ihrem Pfleger verschwindet.

Sie waren tatsächlich noch da und standen genau wie gestern Abend am Strand und sahen auf das Meer hinaus. Rachel war die reinste Verhandlungskünstlerin und sie schaffte sie es tatsächlich, mit der alten Dame und ihrem Pfleger zu verhandeln. Der alten Dame war es besonders wichtig, dass sie eine würdige, echt mexikanische Beerdigung bekam, mehr wollte sie nicht von ihrem Tod.

Sie akzeptierte sogar augenzwinkernd Marc als ihren neuen Urenkel und er gab sich auch sehr höflich und brav, dass sich Rachel insgeheim kaputtlachte, wenn sie die beiden beobachtete, wie sie sich händchenhaltend ohne viel Worte unterhielten und die Köpfe zusammensteckten.

Mit der Stadtverwaltung wurde es schwieriger, die wollten noch einiges an Geld rausholen, denn das Grundstück gehörte ja ihnen und sie wollten demnächst ausgerechnet dort am Meer ein Ferienzentrum errichten. Aber als Rachel nachbohrte, war dieses Ferienzentrum nur ein schöner Traum ihrer Investoren, der schon jahrelang nicht verwirklicht worden war.

„Glatte 5000 Dollar soll das Grundstück kosten. Wärst du damit einverstanden?" Rachels sagte sofort zu, sie würde mir einen Vorschuss zur Verfügung stellen. Nachzwei Tagen waren alle Papiere genehmigt.

„Wie soll ich das bloß alles bezahlen?" seufzt Marc.

„Tja, mein Lieber, damit hast du dich bei mir für mindestens ein Jahr eingekauft, du musst das alles bei der Firma abarbeiten, den entsprechenden

Arbeitsvertrag bringe ich dir dann später mit. Auf der Mine ist immer genug zu tun.

Du bekommst erst mal zwei Wochen Urlaub. Aber du musst gleich noch einmal mit zurückkommen, denn der große Schaufelradbagger liegt auf der Seite, das müsstest du doch locker hinkriegen, oder? Das hast du doch schon einmal gemacht."

„Klar, mache ich, das ist meine leichteste Übung. Der Weg zur Baustelle ist ziemlich weit, ich kann die Strecke natürlich laufen, aber dann sind meine Kräfte dahin."

„Kein Problem, dafür haben wir Dienst-Motorräder. Und das mit dem neuen Baustellen-Material werden wir ab nächste Woche in Angriff nehmen, du wirst ja erst mal genug Zeit für das Ausmisten brauchen. Aber bevor wir fahren, sollten wir vorher mal genauer ansehen, wie der Zustand da drinnen ist und was die Alte so alles zurückgelassen hat."

Von außen sieht das Ganze ziemlich traurig aus. Die Tür hängt nur noch mit einer Schraube in ihren Scharnieren, und alles ist von Ranken und Brombeergestrüpp überwuchert.

„Das Zeug ist kein Hindernis, das kann ich mit einem Handkantenschlag erledigen. Komm mal rein, es sieht eigentlich gar nicht so schlecht aus. Hier ist die Küche. Eine Spüle ist da, sogar mit einem Wasseranschluss, und aus den Schränken muss ich noch die Ratten vertreiben.

Man müsste überall einen kompletten neuen Fußboden legen, allen Krempel herausräumen und die Wände neu streichen, das ist nicht viel Arbeit. Aber die überdachte Terrasse ist einmalig. Die meiste Arbeit wird der Garten machen, oder wie man das so nennen kann. Der ist nämlich komplett zugewachsen."

„Oh ja, das stimmt, dabei werde ich dir gerne helfen, damit kenne ich mich gut aus. Natürlich nur, wenn du mich das machen lässt. Ich bin ja so glücklich, dass wir das Haus gefunden haben und uns hier niederlassen können. So, aber jetzt müssen wir erst mal zurückfahren, um den verunglückten Bagger wieder auf die Füße zu stellen.“

„Und morgen werde ich wieder hierher zurückkommen und mit der Arbeit anfangen. Nur, wie komme ich wieder hierher zurück?“

„Wozu haben wir Dienst-Motorräder. Du kannst doch damit umgehen, hast du überhaupt einen Motorrad-Führerschein?“

„Braucht man hier so etwas amtliches?“

„Ich kann dir ein Papierchen ausstellen, dass du nur auf dem Gelände fahren darfst. Und dann übst du etwas und nach zwei Tagen fährst du einfach hierher. Das ist doch kein Problem.

Also vamos, auf geht's.“

Als Rachel nach einer Woche zur Baustelle fuhr, um Marc zu besuchen, sah sie den riesigen Trümmerhaufen schon von weitem. „Oh, das sieht ja richtig nach Arbeit aus. Da hast du ja eine ganze Menge schaffen können. Ist alles klar gegangen oder gab es irgendwelche Probleme?"

„Hallo Rachel, wie schön, dich zu sehen. Du kommst gerade rechtzeitig zum Freudenfeuer. Mann, das war vielleicht eine Arbeit, alles im Haus auszuräumen. Hast du vielleicht Streichhölzer dabei? Meine sind mir eben ausgegangen."

„Ich rauche zwar nicht, aber irgendwo hinter der Auto-Klappe müssten bestimmt noch irgendwelche liegen. Tja, das ist der Nachteil, dass dein nächster Nachbar so weit weg ist. Da kannst du keinen anpumpen."

„Ich hatte aber schon einige Besucher hier, die gucken wollten, was hier so alles passierte. Und zwei junge Typen wollten mir sogar kostenlos helfen, aber die sahen aber nicht sehr vertrauenserweckend aus, außerdem sprachen sie nur so ein komisches Spanisch. Sie sind aber erst wieder abgezogen, nachdem ich ihnen eine Flasche alten Whisky geschenkt hatte."

„Wo hattest du denn Whisky her? Hier ist doch gar kein Laden und trinken tust du doch auch nichts."

„Da in der Küche im Spülen-Schrank stand eine richtige Batterie Flaschen, Tequila, Whisky und Wodka, und das ganze scheußliches Zeug wollte ich erst komplett wegwerfen, weil ich keinen Alkohol trinke, aber als Gastgeschenk scheint das Zeug immer noch nützlich zu sein."

„Und was hast du noch so alles in den Schränken gefunden? Irgendwelche Diamanten, Gold und Silber und Opale unbekannter Herkunft?"

„Alles Mögliche, meistens aber komische alte Papiere und ein Foto-Album, die ich aufbewahrt habe, die Fotos zeige ich dir später. Ruby Holt, meiner neuen

Adoptiv-Uroma wird das bestimmt alles sehr interessieren. Ich werde ihr natürlich alles persönlich übergeben, da hängen bestimmt eine Menge Erinnerungen dran.

Ein altes Buch habe ich allerdings zurückgehalten, das muss ich unbedingt studieren, das wird eine Menge Zeit in Anspruch nehmen. Es ist eine philosophische Schrift, die nur schwer zu entziffern ist. Wenn du willst, kannst du es dir hinterher ja mal ansehen.

Aber nun will ich den Haufen da draußen endlich brennen sehen. Hoffentlich ist das Holz nicht allzu feucht, aber es waren Unmengen an Papier drunter."

„Notfalls kann man ja mit etwas Benzin nachhelfen. Los, fang an, ich liebe nämlich Feuer. Aber lass mich auch mal etwas anzünden."

Mit einer großen Flamme beginnt es prasselnd, alle alten Möbelreste und Fußbodenbretter, und schließlich noch den ganzen Abfall aus dem Garten und der Terrasse gierig aufzufressen. Die beiden gucken zuerst staunend in die Flammen, dann beginnen sie, lachend wie die Feuerteufel um die Glut herumzutanzen.

„Pass bloß auf, wohin die Flammen schlagen, sonst geht das Haus gleich noch in Brand." Ruft Marc, schnappt sich ein paar grüne Zweige und beginnt, die restlichen Flammen, die sich gerade gefährlich ausbreiten wollen, auszuschlagen.

„Du siehst ja richtig verkohlt aus," kichert Rachel. „Wo sind denn deine langen Haare geblieben? Hast du die etwa alle angekokelt?"

„Ich habe alles, was mich störte, einfach abgeschnitten. Ach, ich habe schon lange nicht mehr in den Spiegel geguckt. Du siehst auch nicht viel besser aus, deine Bluse hat lauter Löcher bekommen. Komm. Gehen wir schwimmen, damit wenigstens erst mal der Ruß runtergeht."

„Und danach machen wir uns ein Festessen, ich habe lauter Delikatessen mitgebracht."

„Du bist witzig, ich kann doch gar nichts essbares vertragen."

„Hast du eine Ahnung, ich habe nämlich viele Überraschungen für dich da drin, und ein Glas Wein kannst du auch ganz bestimmt vertragen. Aber komm erst mal ins Wasser, du Feuerteufel."

„Da bin ich aber wirklich neugierig, was du alles mitgebracht hast."

Marc konnte es einfach nicht verbergen, er war total verknallt in Rachel, und dieses überwältigend schöne Gefühl überfiel ihn wirklich zum ersten Mal mit dieser Intensität.

„Bleib bei mir, für immer," flüsterte er leise in ihr Haar. Und Rachel schien es wohl ebenso zu gehen, wohlig umarmte sie ihn im Wasser und schmiegte sich ganz fest an seinen Rücken. „So, jetzt entwischst du mir nicht, mich wirst du so schnell nicht mehr los."

Am Strand waren sie ganz allein, und Rachel hatte ein richtiges Festmahl aus Joghurt, frischem Obst und Müsli zubereitet. „Hm, das riecht furchtbar lecker, meinst du, das vertrage ich auch?"

„Wenn dir davon schlecht wird, ist es nicht so schlimm. Ich habe nämlich Vanille-Pudding mit dem Pulver als Ersatz angerührt, das müsste für dich wenigstens einigermaßen genießbar sein."

Eine Flasche Wein war schnell getrunken, und wie es dann weitergegangen ist, kann sich jeder ja wohl alleine denken. Marc vergaß die Bomben in seinen Eingeweiden und lernte eine ganze Menge über seinen Körper und die Liebe kennen. Und kurz dachte er daran, was er alles in seinem bisherigen Leben versäumt hatte.

Am nächsten Morgen fiel es Rachel wirklich schwer, aufzustehen und allein zurück zu ihrem Arbeitsplatz zurückzufahren. Das Team hatte schon sehnsüchtig auf sie gewartet, und es gab furchtbar viel zu tun, denn ohne sie lief einfach gar nichts.

Irgendwelche anzüglichen Bemerkungen und Nachfragen nach Marc parierte sie mit lustigen Sprüchen. Ja, sie hätte ihn gut am Meer untergebracht, erzählte sie. Dort würde er für sie ein Haus restaurieren, und damit gaben sich die Kollegen endlich zufrieden, aber sie vermissten natürlich seine tatkräftige Unterstützung.

Marc hatte sich sofort am nächsten Morgen den Kopf kahlrasiert, das Feuer hatte zu viel seiner Haare angekokelt und abgefressen, und die zurückgebliebenen Reste rochen schrecklich. Sie würden sicher bald nachwachsen, und dann wollte er sich auch einen Bart zulegen. Mal sehen, was Rachel dazu sagte, wenn sie das nächste Mal kam.

An jedem Morgen begann er bei Sonnenaufgang mit den Umbauarbeiten, bis er vor Hunger nicht mehr konnte. Dann genehmigte er sich seinen neu konzipierten Müslibrei mit einem Glas Wasser, und dann ging es weiter.

Nach ein paar Stunden Arbeit belohnte er sich mit einem ausgiebigen Bad im Meer, es war wunderbar. Er musste zugeben, er war hier in seinem eigenen kleinen Paradies gelandet.

Jeden Nachmittag, wenn die Sonne auf die Terrasse schien, schaut er sich die Bilder er nun in dem seltsamen alten Book of Miracles an, das er in einer Schrank-Schublade gefunden hatte. Die Texte konnte er zwar nicht lesen, aber die Zeichnungen faszinierten ihn. Es schien sich hier wohl um eine frühe Bibel-Interpretation zu handeln.

Dahinter lagen in loser Reihenfolge einige seltsame Schriftstücke, dünne, mit Schreibmaschine getippten Blätter, über die er lange nachdenken musste. Die musste unbedingt Rachel lesen, denn manche Stellen verstand er überhaupt nichts Instinktiv spürte er jedoch sofort, dass diese Schriften ganz eng etwas mit ihm persönlich zu tun haben würden. Wie wird der Mensch der Zukunft aussehen, wie wird er denken und wie wird er mit seinen Mitmenschen umgehen?

Es ging um künstliche Techniken, die man als natürliche Erweiterung und Ausdruck menschlicher Intelligenz betrachten könnte, der damit klüger und anpassungsfähiger wird, seine Fähigkeiten erweitert und mit intelligenter Technik in einer posthumanen Synthese verschmelzen wird, die ihre Fähigkeiten erweitern und somit die Freiheit der Menschen vergrößern soll.

Dies erzeugte damals bei einigen wenigen Menschen die Angst davor, „Gott zu spielen". Mit Angst und Schrecken sahen sie nicht nur die körperliche Unsterblichkeit, sondern auch den Erwerb übermenschlicher Intelligenz oder Kräfte. Die Menschen sollten ihre Grenzen anerkennen. Baut keine Flügel! Errichtet keine Türme, die den Himmel durchstoßen! Versucht nicht, Alter und Tod zu überwinden! Heilt die Kranken, aber verbessert nicht die Gesundheit!

Aber wer entschied über sinnvolle Grenzen solcher Einsätze? Durfte alles machbar sein, was technisch und medizinisch möglich war? So entstand als Gegenbewegung der Biokonservatismus, um die Menschheit vor den Gefahren des Neuen und dem Verlust ihrer „menschlichen Natur" zu bewahren.

Das Prädikat „natürlich" wurde dabei zum entscheidenden Kriterium für alles erhoben, was gut ist, egal, ob es um Ernährung, Heilmethoden oder Empfängnis ging. Dabei wurde gern übersehen, dass nicht alles Natürliche auch gut war (Küchenschaben, Krebszellen, Schnupfenviren) und dass der Mensch schon immer neue Technologien zur Verbesserung seines Körpers benutzt hatte.

Der Mensch war schon lange in seinem Streben gegen Krankheit, Altern und Tod angetreten, sich selbst umzugestalten. Nun standen weitere Technologien bereit, aber in welche Richtung wird sich die Gattung Mensch entwickeln? Und was hat der Einzelne davon?

Das Leben war ein großes Abenteuer und Vernunft, Wissenschaft und guter Wille befreite die Menschen von den Beschränkungen der Vergangenheit. Es war doch ärgerlich, dass das Altern gerade dann die menschlichen Energien aussaugte, wenn man langsam einen Funken an Weisheit und Wissen erlangte.

Die Natur gestattete ihnen nicht, aus ihrer Jahrzehnte langer Erfahrung Kapital zu bilden. Der Tod ergreift sie ausgerechnet dann, um ihnen den letzten Schlag zu geben. Daher war für die Extropianer der Sieg über das Altern und den Tod die dringendste und wichtigste Aufgabe.

Die Abwesenheit von Altern und Tod wird dem Leben nicht seine Bedeutung rauben. Ein grenzenloses Leben eröffnet neue Perspektiven, unerforschte Möglichkeiten, unbeschränkte Selbstverwirklichung, um neue, leistungsfähigere Formen anzunehmen. Leben und Intelligenz sollten niemals stagnieren, sie sollen sich neu formieren, verändern und ihre Beschränkungen in einem grenzenlosen Fortschritt überwinden. Das Ziel der Extropianer ist die eigene Erweiterung und ein Fortschritt ohne Ende.

„Die Menschheit ist bisher nur ein temporärer Abschnitt des Evolutionsweges. Wir sind nicht der Höhepunkt der Natur. Es wird Zeit, dass wir uns bewusst um uns kümmern und unseren transhumanen Fortschritt beschleunigen.

Keine Götter, keinen Glauben, kein ängstliches Zurückweichen mehr! Brechen wir aus unseren alten Formen, aus unserer Unwissenheit, Schwäche und Sterblichkeit aus! Die Zukunft gehört den posthumanen Wesen!

Und beim zweiten Artikel muss ihm irgendjemand über die Schulter geschaut haben - Der Mensch 2067

„Ich lehre euch den Übermenschen. Der Mensch ist etwas, das überwunden werden soll. Was habt ihr getan, ihn zu überwinden? Also sprach Zarathustra. Das sagte prophetisch schon Friedrich Nietzsche.

„The Body ist obsolete" „der Körper ist überflüssig":

Unter diesem Slogan vermarktete der australische Künstler Stelarc 2005 sein Kunstprojekt „Extra Ear". Er ließ sich ein drittes Ohr implantieren, das aber nicht am Kopf, sondern unter die Haut des rechten Oberarmes nähen. Das Zusatzohr sollte Teil eines Funknetzwerkes sein. Der mit dem Kunstohr aufgenommene Ton sollte über Bluetooth wie bei einer Handyfreisprechanlage zu einem Minilautsprecher im Mund des Künstlers übertragen werden.

Sein Umbau zum Cyborg, zu einem Mischwesen aus Mensch und Maschine, verlief allerdings nicht ohne Komplikationen. Er erlitt ernste Infektionen, darum musste das Implantat wieder entfernt werden, sein Experiment war also misslungen.

Trotz alledem: Der Mensch hat endlich seine Evolution in seine eigenen Hände genommen und es ist unwahrscheinlich, dass er sich heutzutage freiwillig gegen robuste Gesundheit, ewige Jugend und eine potentiell unbegrenzte Lebensspanne entscheiden wird.

Damit sind gewaltige soziale Umwälzungen und Probleme verbunden, aber die werden nicht durch Zukunftsangst und Risikoscheu, staatliche oder religiöse Vorschriften, Patentrezepte oder Verbote erreicht, sondern durch informierte Diskussion aufgeklärter Individuen in einer offenen und liberalen Gesellschaft.

Der neugeborene Mensch ist heute kein natürliches Wesen mehr, was damals mit Herzschrittmachern und Brustimplantaten begann, wird jetzt mit völliger Technifizierung der Klon- und Züchtbarkeit vollendet. Jugendliches Aussehen, ein Markenzeichen für Dynamik und Leistung, der Gang zum designgebenden Schönheitschirurgen ist eine Selbstverständlichkeit geworden.

Ebenfalls werden technische Erweiterungen oder Ersatzstücke für den menschlichen Körper implantiert, Knochen und Sehnen aus Hightech-Material, Funkchips mit Kontrollfunktionen an wichtigen Organen angeboten und massenhaft und erfolgreich für die individuelle Lebensqualität genutzt. Warum soll es das alles nicht geben, um Leben zu retten, Menschen zu heilen oder ihnen den Alltag zu erleichtern? Welche Körpermodifikationen erlaubt, welche geächtet oder verboten wird, hat eine unabhängige Ethik-Kommission festgelegt.

Die Stammzellforschung ermöglicht jetzt die Nachzüchtung von neuen Organen und Ersatzgeweben und naturidentische Prothesen. Sie produzierten sogar neue Superorgane, die viel besser als die bisherigen menschlichen Organe funktionierten und so vorzeitig alternde oder verschlissene Organe, ganze Gliedmaßen oder diverse Körperteile ersetzen können. Es wurden nicht-biologische Muskeln aus Polymeren und Kohlenstoff-Nanoröhrchen produziert, die durch Nervenimpulse gesteuert werden.

Diese Entwicklung hat dazu geführt, dass in vielen Bereichen die künstlichen Organe den natürlichen (biologischen) überlegen sind. Es ist darum selbstverständlich, dass dann Transplantationen nicht mehr nur aus medizinischen Gründen (nach Unfall, Krankheit etc.) durchgeführt werden, sondern weil die Menschen durch künstliche Organe ihre Leistungsfähigkeit und damit ihre Lebensqualität verbessern wollen.

Eine besondere Herausforderung stellte die Entwicklung künstlicher Sinnesorgane dar. Implantierte Hörhilfen sind bereits zehntausendfach im

Einsatz. Für schwere Gehörschäden mit nicht mehr intaktem Hörnerv wurden neuartige Neuroprothesen erprobt, die ihre Signale über Elektroden unmittelbar in Nervenzellen des Hirnstamms senden.

Noch größer war die Herausforderung im Bereich der Sehprothesen. Künstliche Netzhäute aus CCD-Chips können die Funktion der Retina übernehmen und durch das Auge einfallende Lichteindrücke an den Sehnerv weitergeben. Muss dagegen das komplette Auge ersetzt werden, so können eine Kombination aus Kamera, Computer und in das Gehirn implantierten Elektroden dessen Funktion übernehmen und damit eine Verbesserung der Leistungsfähigkeit darstellen. Beispielsweise könnte eine Kamera, die als künstliches Auge dient, einen viel größeren Spektralbereich erfassen als mit dem biologischen Auge sichtbaren Infrarot und UV-Bereich.

Das menschliche Gehirn bildet den Sitz unseres Bewusstseins galt früher für grundsätzlich unergründlich und damit für niemals imitier- oder gar nachbaubar, aber die Kognitionswissenschaften und Forschung über neuronale Netze erstellten einen Bauplan über seine Funktionsweise und zeichneten ein Bild des Gehirns als hochkomplexe, aber trotzdem deterministische Datenverarbeitungsmaschine. Damit konnten die Sinne der Menschen verstärkt, erweitert und eine viel größere Intelligenzleistungen erzeugt werden.

Das Gehirn eines realen Menschen würde wie eine Computer-Festplatte funktionieren und man könnte also auch eine Kopie des Gehirns speichern. Diese Gehirntanks könnten als Zwischenlager für Unfallverletzte mit unheilbar geschädigten Körpern bis zum Erwerb, zur Aufzucht oder zur Herstellung eines neuen Körpers sein.

Wenn sich beschädigte oder gefährdete Gehirnteile wie der Körper durch funktionell gleichwertige Simulationen ersetzen ließen, könnten einige Individuen eine vollständige körperliche Zerstörung überstehen und als reine Computersimulationen in virtuellen Welten weiterleben. Eine simulierte Welt, die von einer simulierten Person bewohnt wird, kann eine abgeschlossene Entität sein.

Es könnten die in einem Gehirn vorhandene Informationen und Verknüpfungen auf ein künstliches neuronales Netz ausreichender Komplexität ausgelesen oder gespeichert werden. Milliarden winziger Nanosonden könnten den Scan der Gehirnstruktur quasi „vor Ort" auf Zellebene vornehmen, worauf dann auf geeigneter „Hardware" eine Kopie des Bewusstseins erstellt werden kann.

Diese neuen künstlichen Gehirne können bequem Informationen von anderen Computern und ihren Schnittstellen direkt auf das menschliche Gehirn verarbeiten, das geht bis zu Mainframes und textbasierten Schnittstellen über PCs, grafischen Schnittstellen und Browsern bis hin zu persönlichen digitalen Assistenten, Stimmerkennung, intelligenten Agenten und Knowbots, die nahtlos in das menschliche kognitive System eingebettet sind. So können auf verbundenen Nanocomputern menschliche mentale Prozesse millionenfach schneller laufen und leichter und umfassender modifiziert werden, als dies bei natürlichen Gehirnen der Fall ist.

Mühsame Lernprozesse sind seitdem vollkommen überflüssig geworden, weil man auf jedem Gehirn direkt über eine Software einem Kind alle für sein Alter entsprechendes Wissen einspielen könnte, dumme Kinder sind damit vollkommen ausgeschlossen und endlich wurde so eine optimale Chancengleichheit hergestellt. Mühsames Fremdsprachenlernen und Vokabelpauken wäre damit überflüssig geworden.

Das hätte auch Auswirkungen auf das Berufsleben, denn jedem Arbeiter würde sofort das entsprechende erforderliche Wissen für seinen Arbeitsplatz aufgespielt, egal, wie komplex es ist. Hörgeräte lassen sich an Ultra- oder Infraschallsensoren koppeln und mit automatischen Übersetzungsgeräten verbinden.

Mit der verbesserten Chip-Technik trugen die modernen registrierten Menschen einen implantierten Funkchip im Oberarm, er ist Eintrittskarte und Geldbörse zugleich und lässt sich mit einem Guthaben verknüpfen. Das vereinfachte nicht nur die Bankgeschäfte enorm, sondern auf ihm waren alle lebenswichtigen Daten wie die Kranken- und Gesundheitsdaten und der gesamten Personenstanddaten mit seiner vollständiger Adresse.

Kopfschüttelnd legt er die Seiten weg. Er selbst ist doch das lebende Beispiel eines fehlgeleiteten Fortschrittglaubens, der schließlich in einer Sackgasse landet und der direkt betroffene Mensch unglücklich wird.

Nur eins hat er gut verstanden: Die Götter auf diesen Blättern wollen neue perfekte Menschen machen, die jetzigen sind ihnen wohl zu unperfekt. Und er ist doch ein lebendes Beispiel dafür, oder? Wenn Rachel das nächste Mal kommt, muss er unbedingt mit ihr darüber reden.

Es ist Abend geworden, Zeit für sein Abendessen. Zum Glück hat er mit seinen neuen Nachbarn, indianischen Mobutus, Fischer und Dschungelmenschen, erste Freundschaft geschlossen.

Eine junge Frau bringt ihm Früchte, die sie selbst im Busch gesammelt hat, die kann er zermusen und in seinem Einheitsbrei einrühren. Das bekommt ihm sehr gut, und er hat bis jetzt noch keinerlei Nebenwirkungen gespürt.

Ihren Namen hat er noch nicht verstanden, sie ist noch ziemlich jung und sie hat so ein strahlendes Lächeln im Gesicht, das richtig ansteckend wirkt. Ihren kleinen Sohn trägt sie in einem buntgewebten Tuch, der scheint immer zufrieden zu sein, denn er weint nie, sooft er ihn gesehen hat.

Jeden Abend kommt sie am Strand entlanggelaufen und grüßt ihn freundlich. Dieses Mal hat die Frau ein Netz dabei, in der zwei riesig große Krabben hilflos strampeln.

Mit vielen Gesten erklärt sie lachend, dass ihr Mann sie gerade gefangen hätte und dass sie ein Geschenk für ihn wären.

Was soll ich nur damit anfangen? Denkt Marc erschrocken, so etwas kann er doch gar nicht essen. Außerdem weiß er doch gar nicht, was er damit anfangen soll. Er lehnt erschrocken ab, und die Frau guckt ihn nur kopfschüttelnd an.

Dann besinnt sie sich und geht an ihm vorbei ins Haus in die Küche. Und als sie beim besten Willen keinen Kochtopf finden kann, scheint sie sofort zu begreifen, dass er als Mann gar nicht kochen kann. Wortreich packt sie die zappelnden Krebse wieder in ihr Netz und verschwindet.

Zum Glück hat Marc noch ein paar Bananen, die wohl für diesen Tag reichen werden. Wie kann er ihr bloß klar machen, dass sie ihm Obst bringen soll. Und sie soll ihm nichts schenken, er will ihr gern das Obst abkaufen, denn sie soll ihn ja nicht umsonst versorgen.

Zum Glück kommt Rachel nachmittags, gerade, als die junge Frau wieder mit einem Netz zu ihm vom Strand her kam. Aber diesmal hatte sie keine Krabben im Netz, sondern eine Fischsuppe duftet verheißungsvoll aus einem Tontopf.

„Oh dein Besuch hat dir etwas leckeres mitgebracht," lacht Rachel fröhlich und nimmt der strahlenden jungen Frau das Mitbringsel ab. „Das riecht aber herrlich, das müssen wir gleich mal ausprobieren. Vielen Dank."

„Aber das nützt doch nichts, das vertrage ich sowieso nicht. Sag ihr doch lieber, dass ich frisches Obst brauche, ich will es ihr auch bezahlen."

Rachel kann sich zum Glück sehr gut mit der jungen Frau verständigen. Sie bedankt sich überschwänglich und redet die ganze Zeit mit ihr. Dann beginnen sie, laut zu lachen.

„Komm schon, sag mal, lacht ihr etwa über mich? Dann übersetz es mir doch mal."

„Sie wundert sich nur, wie man so stark und groß sein kann und nur Brei mit Obst isst? Sie hat auch schon mit ihrem Mann darüber beraten, ob sie mir nicht lieber jeden Tag einen gefangenen Fisch verkaufen soll. Das wäre doch viel sättigender als das ewige Obst.

Dann sollst du ihr unbedingt das Geheimnis verraten, wovon man so viel Muskeln bekommt und so stark wird. Außerdem wäre sie sehr stolz, wenn ihr kleiner Sohn später mal auch so toll wie du aussehen würde.

Rachel muss darüber sehr lachen, aber Marc wird knallrot, soviel Aufmerksamkeit um ihn und seinen Körper sind ihm sehr unangenehm, und Rachel merkt das ganz genau, aber sie will ihn noch ein bisschen mehr aufziehen.

„Ist es jetzt genug, kann ich mein Abendessen in Ruhe hinter mich bringen?" knurrt er böse, denn er kann sich nicht anders dagegen wehren, er hat bis jetzt nichts anderes gekannt.
„Entschuldige, Marc, du wirst doch etwas Spaß verstehen. Wir haben dich doch beide sehr gern, und ich bin sehr stolz auf dich, dass du so groß und stark bist. Komm, probieren wir mal die Fischsuppe, vielleicht verträgst du sie ja, das wäre doch eine Bereicherung für deinen ziemlich öden Speiseplan. Sie riecht richtig verführerisch."

Und tatsächlich konnte er diese Suppe problemlos zu sich nehmen, Rachel war richtig stolz auf ihn wie auf einen großen Sohn. „Wenn wir nachher schwimmen gehen, werde ich noch einmal mit ihr sprechen, dann kocht sie dir ab und zu so eine Suppe. Und du bekommst natürlich dein übliches Obst Kiwi, Bananen und

Ananas. Mit so einem gesunden Essen kannst du mindestens 100 Jahre alt werden."

Gerade als sie fertig sind, kommt ein etwa 6-jähriger indianischer Knabe vorbeigewatschelt, der auf einer Flöte eine fremdartige Melodie spielt, fürchterlich und falsch immer wieder dieselbe Melodie. Aber irgendwo kannte er doch irgendwie diese Melodie.

Rachel lachte und sagte: „Das ist „El Condor Pasa", kennst du das etwa Stück nicht? Das ist ein uraltes peruanisches Volkslied. Und es heißt wörtlich übersetzt: „Der Kondor fliegt vorüber).
Ich würde eher ein Sperling sein wollen, als eine Schnecke
Ja, das würde ich, Wenn ich könnte, würde ich das sicherlich.
Ich würde eher ein Hammer sein wollen, als ein Nagel
Ja, das würde ich, wenn ich könnte, würde ich das sicherlich.
Fort, ich würde eher fortfliegen wollen
Wie ein Schwan, der heute hier und morgen dort ist
Der Mensch ist an den Boden gefesselt
Und gibt der Welt ihren traurigsten Klang, ihren traurigsten Klang
Ich würde eher ein Wald sein wollen, als eine Straße
Ja, das würde ich, Wenn ich könnte, würde ich das sicherlich.
Ich würde lieber die Erde unter meinen Füßen spüren wollen
Ja, das würde ich, Wenn ich könnte, würde ich das sicherlich.

Hier, gib dem Jungen ein paar Geldstücke, er hört sonst nicht mehr auf, denn dies Lied ist wirklich ein Ohrwurm.

Als sie abends beim Feuer saßen, erzählte ihm Rachel von einem seltsamen Film, der gerade in allen Kinos der Stadt lief. Wenn du willst, lese ich dir mal die Kritik vor.

Also, es geht um einen perfekten Supermenschen. Der neue Mensch soll still, anspruchslos, frei von jeder Moral sein, bezaubernd schön und ein Schmuck für jedes Heim der Alpha-Menschheit. Vergiss alles, was dich bedrückt, vielleicht ist es nur das Glück, es fehlen nur noch im Großhirn die Harfen und du wärst darüber direkt eingeschlafen.

Was soll die ganze Fron, authentisch zu sein, zieh eine Linie und klick dir einen Klon, raub dir die Kopie von irgendeiner DNS und es ist Schluss mit dem ganzen Stress, denn wir leben ja hier auf der neuen Erde im Überfluss.

Schaff dir ein Kühlhaus voller Identitäten, wozu die Egodiäten, wünsch dir was aus einem Brutkasten aus Chrom, ein Kondom mit Reißverschluss und eine Lederjacke. Für jedes Chromosom kannst du ein anderer sein, das ist kein Luxus mehr. Dein Ich zuckt nur im Wechselstrom des Big Bang hin und her, dein Ich ist nicht schon das Ende vom Lied.

Kauf dir ein Bett in einer Raumstation, denn die Androiden sind ganz adrett, das wird schon wieder werden. Drück dir ein Beef aus der Tube, hol dir eine frische Blutkonserve und sag zu deinem Lover, was soll der ganze Metamief, wen interessiert das noch die befreite Menschheit von dem Joch, und wenn du ein Surfbrett hast, zeig ich dir das schwärzeste Loch, die grünste Wiese mit Schafen drauf und einen Bach in seinem sanften Lauf, echte Gänseblümchen wie auf deinem Bildschirmschoner, darauf ein schönes Mädchen, das sie pflückt, wie lang ist das her. Szenen am Bach, ein Film, ein Idyll mit Musik, mit blühenden Wiesen, grasenden Rehen, und beschneiten Gipfeln im Frühling.

Der alte Mann auf der Liege, von der Pastoralen Illusion umgeben, dämmert hinüber in eine schönere Welt. Ein paar Tage später wird sein eingeschläferter Körper in Form von graugrünen Täfelchen an hungernde Artgenossen verfüttert. Der Staatskonzern hat schon lange Schwierigkeiten, die Bevölkerung mit dem Einheitsnahrungsmittel „Soylent Green" zu versorgen.

In den überfüllten Straßen prügeln sich die Menschen um die letzten nahrhaften Reste der Lebensmittel. Die Hungernden stürmen die Versorgungskonvois, bis sie von gewaltigen Schaufelladern erfasst und als Bio-Sperrmüll in mahlende Fleischtrommeln geworfen werden. Erst am Ende des ausweglos düsteren Zukunftsfilms „Soylent-Green", wird das ganze Ausmaß des Grauens sichtbar.

Der Mensch ist dem Menschen zum Fraß geworden. Der allmächtige staatliche Nahrungs-Monopolkonzern hat es geschafft, alle traditionellen Formen des Essens und Genießens aus dem kollektiven Gedächtnis zu verdrängen und die farbigen Cracker aus Menschen-Eiweiß als einziges (Über-)lebensmittel zu etablieren, also die natürliche Nahrungskette, die eigentlich hinab in die Erde weist und dann über Pflanzen und pflanzenfressende Tiere wieder hinauf zum Menschen führt,- so extrem zu verkürzen, dass den Bewohnern des Staatswesens nichts anderes übrigbleibt, als in einem nur noch notdürftig verschleierten Kannibalismus sich selbst zu verspeisen.

Dieser schaurig realistischen, ökologische Thriller hat seine Schreckens-Utopie im Jahr 1973 vorsichtshalber um 49 Jahre, also in das Jahr 2022 vorverlegt, aber unser realer Alltag hat die Kino-Horrorvision um Jahrzehnte vorweggenommen.

Zwar wurde die Nahrungskette bei uns noch nicht so kurz geschlossen, dass wir direkt den verstorbenen Onkel oder das kranke Nachbarskind in Chipform zu uns nehmen, doch auf dem Niveau darunter auf der tierischen Ebene der Nahrungskette, ist der Kannibalismus längst schon zum kalkulierten Bestandteil der Gewinnrechnungen geworden.

Die heutigen Hersteller des Horrorprodukts „Tiermehl" schleusen heute schon alles, was auf erbärmliche Weise an scheußlichen Krankheiten verendet, in Tierversuchsanstalten zu Tode gequält oder auf Straßen überfahren worden ist, auf schockierend direkte Weise in der Nahrungskreislauf zurück.

Der Abdecker, der früher das Kranke beseitigte und die Menschen vor Schäden bewahren musste, ist zur Schlüsselfigur im staatlich subventionierten Nährmittelgewerbe geworden; er, der wie der Henker in der Hierarchie der Berufe, im medizinisch-hygienischen Dienstleistungsgewerbe die unterste Stufe besetzt hält, ist Hauptlieferant jener Industrie geworden, die auf die wachsenden Zwänge des globalen Markts mit einem kontinuierlichen Abbau ethisch-moralischer Vorstellungen und mit der Kannibalisierung der natürlichen Ernährungsformen reagiert.

So bekommen Pflanzenfresser, die sich in den Jahrmillionen der biologischen Evolution nie an Fleischlichem vergangen haben, in den heutigen Großmästereien ihre kranken Artgenossen getrocknet und gemahlen im Trog serviert. Kühe werden so zu Aasfressern, zu Hyänen des Bauernhofs. Man muss sich nur den Brei vorstellen, der ihnen beim Wiederkäuen in den Mund schießt, um sich subtil zu ekeln.

Auf das Ende der Nahrungskette, also auf den Menschen übertragen, heißt das: Wir über ernährten Europäer essen Fleisch von Tieren, die mit geschroteten Katzen-, Hunde- und Affenleichen gemästet wurden.

Wer sagt uns, dass nicht auch schon der Biomüll aus Unfallkrankenhäusern und Abtreibungs-Kliniken in den Eiweiß-Schmelzereien zu rieselfreuigem Tierfutter umgeschmolzen wird. Bis vor kurzem hat sich kein Fleisch-Konsument für diese Ungeheuerlichkeiten interessiert.

Erst seit bekannt ist, dass der staatlich geförderte Kannibalismus die Rinderseuche BSE in rasenden Tempo um die Welt jagt, und dass durch Rindfleisch die tödliche Creutzfeldt-Jakob-Krankheit auf den Menschen übertragen werden kann, reagieren die Verbraucher auf die Horrormeldungen.

Das war bei all den vielen Lebensmittelskandalen der letzten Jahre ähnlich: Erst der drohende Schaden für den eigenen Leib hat den Menschen ein Bewusstsein für Zusammensetzung der täglichen Nahrung vermittelt.

Der Markt freilich hat sich von den Gespenstern der Hormonkälber, der Östrogenschweine, Dioxinhühner und wurmstichigen Fische, die irgendwann in den Schlagzeilen auftauchten, jeweils nach wenigen Wochen blendend erholt.

Auch das längst fällige Verbot von Tiermehl kann die Verbraucher noch nicht beruhigen. Erst, wenn es gelingt, die Wege des Krankheitserregers exakt zu verfolgen, und wenn, egal was es kostet, jedes Stück Fleisch, das in den Handel kommt, von Fachleuten untersucht ist, wird sich auf dem Fleisch-Markt langsam wieder etwas wie Vertrauen entwickeln.

Der Schaden, der in diesen Tagen des Schocks auf kulinarischem Sektor angerichtet wurde, ist dann freilich nicht mehr wiedergutzumachen. Ein veritables Stück Lebenskultur ist bedroht.

Auch wenn das schiere Muskelfleisch, wenn Rinderfilet und Rostbraten, Roastbeef und Roulade irgendwann wieder triumphal auf die Speisekarten zurückkehren sollten, werden die wahren kulinarischen Besonderheiten von Kalb und Rind - die Innereien Leber und Niere, Hirn und Bries, Mark und Milz, aber auch Herz und Lunge, Kalbskopf und Kutteln -, die in allen regionalen Küchen der Weit phantasievoll gepflegt und in den Spitzenrestaurants zu kultischen Formen gesteigert wurden, nie wieder in dem Glanz leuchten, den sie für die Gourmets einmal hatten.

So kann man nur hoffen, dass der Rinderwahnsinn die fleischfressende Menschheit ein wenig zur Besinnung bringt, dass der Skandal ein neues Bewusstsein für gewachsene Qualitäten provoziert.

Aber da siehst du mal, was der pure Fleischgenuss alles mit den Menschen anstellen kann. Sei froh, dass du jeden Tag dein Müsli mit Früchten essen kannst. Man braucht kein Fleisch, um gut überleben zu können. So lange du dich stark und gesund fühlst, wirst du hier bestimmt 100 Jahre alt werden.

„Aber nur mit dir, Rachel, nur mit dir."

So endet jedes Märchen und genauso ist es mit den beiden geworden. Rachel und Marc wurden ein glückliches Paar.

Sie leben auch heute noch in ihrem Häuschen am Meer, zusammen mit vier adoptierten Kindern und vielen Katzen und Hunden.

„Und wenn sie nicht gestorben sind, dann leben sie noch heute."

Literaturliste   **Karin Fruth**

Titel	Stand: 20.10.2023	ISBN-Softcover
Hundstage in Anafiotika	*Eine Hunde-Liebesgeschichte*	978-3-347-57406-9
Warst du wirklich in Archanes?	*Zwei Archäologen erleben Kreta*	978-3-347-56707-8
Donna Esmeraldas geheimnisvolle Welt	*Eine Geschichte über Donna Esmeralda, Axolotl und Kathrinchen*	978-3-3477708-1
Der Künstler Peter Petri	*Vom Malergarten in die ganze Welt*	978-3-347-70855-6
Rusalka und ihre Kinder	*Geschichten aus einer anderen Welt*	978-3-347-71335-2
Wo ist Kathy Kappenstein?	Eine tapfere Frau setzt sich durch	978-3-347-59374-9
Atacama ruft	*Mysteriöse Geschichten vom anderen Ende der Welt*	978-3-347-73701-3
Von Köln nach Ouranopolis Teil 1	*Senioren auf der Flucht*	978-3-347-58057-2
Teil 2		978-3-347-57823-4
Olympic Eagles	*Ein typischer Griechenland-Urlaub - und ein Mord*	978-3-347-63504-3
Asphodelen inbegriffen	*Eine Liebe auf Kreta*	978-3-347-63346-9

Candis Welt	*Rettung in letzter Minute*	978-3-347-60645-6
Sommer in Kamtschatka	*Zwei Ethnologen erforschen Kamtschatka*	978-3-347-62515-0
Aufbruch von Magneterra	*Eine Weltraumreise*	978-347-62345-3
Die blaue Tür	*Sommerferien in Litomysl*	978-3-347-59095-3
Blaue Augen für alle	*Zukunftsroman*	978-3-347-58782-3
Mein Freund Robby	*Freundschaft mit einer ganz besonderen Ratte*	978-3-347-59692-2
Mahbata	*Weltraumwesen*	978-3-347-59292-6
Asche - nur Asche	*Erinnerungen an einen vielgeliebten Vater*	*978-3-347-57123-5*
Familiengeschichten aus Ostpreußen	*Flucht, Vertreibung und Neuanfang im Westen*	978-3-347-80126-4

Erhältlich bei allen Buchhandlungen, im Internet z.B. bei Amazon und bei Tredition GmbH, Heinz-Beusen-Stieg 5, 229,266 Ahrensburg